Le crâne de mon ami

*Les plus belles amitiés
d'écrivains, de Goethe
à García Márquez*

我比大多数人
更爱你

十三场
别开生面的
文学相遇

Anne Boquel
Étienne Kern

[法] 安娜·博凯尔 [法] 艾蒂安·克恩 著

秦宵 译

上海文化出版社

图书在版编目(CIP)数据

我比大多数人更爱你：十三场别开生面的文学相遇/
(法)安娜·博凯尔,(法)艾蒂安·克恩著;秦宵译
. —上海：上海文化出版社,2023.6
　　ISBN 978-7-5535-2752-9

　　Ⅰ.①我… Ⅱ.①安…②艾…③秦… Ⅲ.①文学家
—生平事迹—世界　Ⅳ.①K815.6

中国国家版本馆 CIP 数据核字(2023)第 086117 号

Le crâne de mon ami. Les plus belles amitiés d'écrivains, de Goethe à García
Márquez by Anne BOQUEL & Étienne KERN
Copyright © 2018, Éditions Payot & Rivages
This simplified Chinese edition is published by arrangement with Éditions Payot &
Rivages，Paris，France，through DAKAI-L'AGENCE
Translation copyright © Shanghai Culture Publishing House，2023
All rights reserved

图字：09-2023-0455 号

出　版　人　姜逸青
策　　　划　小猫启蒙
责任编辑　赵　静
封面设计　凌　瑛

书　　名　我比大多数人更爱你：十三场别开生面的文学相遇
作　　者　[法]安娜·博凯尔　[法]艾蒂安·克恩
译　　者　秦　宵
出　　版　上海世纪出版集团　上海文化出版社
地　　址　上海市闵行区号景路 159 弄 A 座 3 楼　201101
发　　行　上海文艺出版社发行中心　www.ewen.co
　　　　　上海市闵行区号景路 159 弄 A 座 2 楼　201101
印　　刷　上海颛辉印刷厂有限公司
开　　本　889×1194　1/32
印　　张　8.125
印　　次　2023 年 7 月第一版　2023 年 7 月第一次印刷
书　　号　ISBN 978-7-5535-2752-9/I. 1057
定　　价　59.00 元
敬告读者　如发现本书有质量问题请与印刷厂质量科联系 021-56152633

献给梅丽卡和菲利普

目 录

引 言

　　2010年2月23日。冬日暖阳洒满位于伊夫林省的舒瓦瑟尔镇。米歇尔·图尼埃①一身蓝装,头戴一顶旧羊毛软帽,在他家中接待了我们。那里原为本堂神父住宅,后成为他的居所。谈话过程中,他一直笑意盈盈,不时以"啊""哦"回应,还会突然像孩子一样笑起来。他全身陷坐在沙发里,手边放着一根拐杖。讲话时,他的手轻叩拐杖,有时还会抓起它在空中画圈,或者用它指向我们。我们在一间饰有巨大顶梁的客厅中,四周满是意趣盎然的小物件,有老照片、宗教小雕像、水晶雪球、帆船模型,等等。在他和我们中间的矮桌上,堆着十来本书,都是他的大作。桌脚边的地上堆放着另一摞书,呈现出并不稳固的金字塔状,那是他刚收到的别人邮寄给他的作品,几乎每天都有。

　　我们俩战战兢兢地递上那本几个月前问世的拙作《法国文人

---

① 米歇尔·图尼埃(Michel Tournier,1924—2016),法国作家,当代新寓言派文学的代表人物。主要作品有《桤木王》《皮埃罗或夜的秘密》《礼拜五或太平洋上的灵薄狱》等。——译注

相轻史》(*Une histoire des haines d'écrivains*)[1]。

图尼埃嗷了嗷嘴，漫不经心地翻了翻，最后用他那饱经沧桑的动人嗓音对我们说：

"相轻！相轻！你们现在应该写一本关于文人相亲的书……"

然后把那本书扔到了书堆上，大笑起来。

*

八年过去了。这八年间，米歇尔·图尼埃的话始终让我们念念不忘，几乎成了一种责任：在文人"相轻"之后，我们应该写一部关于文人"相亲"的作品，哪怕它微不足道。

这是因为，文坛并不只有暗箭、算计和侮辱，也非仅有早在两千年前便让贺拉斯在面对"易怒的诗人们"[2]时痛心不已的种种乱象。文坛同样有曾被人撞见一起玩跷跷板的托尔斯泰和屠格涅夫；有要求出版社把版权费汇至亨利·詹姆斯账户的伊迪丝·华顿；[3]有帕斯捷尔纳克，他将里尔克三十四年前的一封来信折放在

---

① 本书已有中译本，最新版本为一梧译，长江文艺出版社 2018 年出版。——译注

② 贺拉斯，《书信集》(*Épîtres*)，第二部第二首，见《全集》(*Œuvres*)，"弗拉马里翁集团"(GF)丛书，巴黎，1967 年，第 253 页。

③ 亨利·詹姆斯、伊迪丝·华顿，《1900—1915 年信函集》(*Lettres 1900 - 1915*)，C. 德马纽埃里(C. Demanuelli)译，瑟伊出版社，巴黎，2000 年，第 166 页。

自己的钱包内终生保存；①也有乔治·桑，她孩子气地打趣福楼拜：
"为何我比大多数人更爱你？"②

还有歌德。耄耋之年的他，书房中珍藏着一件圣物：好友席勒
的颅骨。③

有时，作品凝聚的是围坐或并肩坐在同一张书桌前的众人的
心血。这些人彼此鼓励，相互校读，协力推敲，默契相投：所有这一
切既是堡垒也是温床，让作品得以成为可能、成为必然。正是为了
延续与英年早逝的拉博埃西的对话，蒙田写了《随笔集》(*Les
Essais*)；④让·热内的《女仆》(*Les Bonnes*)的结局正是受了科克托
的启发；⑤《指环王》的作者和《纳尼亚传奇》的作者曾向对方高声朗

---

① 里尔克、帕斯捷尔纳克、茨维塔耶娃(Tsvétaïeva)，《1926 年夏，三人通信集》
(*Correspondance à trois, été 1926*)，L. 德尼(L. Denis)、P. 雅科泰(P.
Jacottet)译，伽利玛出版社，巴黎，1983 年，第 118 页。信中说："愿所有祝福
都降临在您身上！我紧紧拥抱您。"信封上，帕斯捷尔纳克写着"挚爱"。

② 居斯塔夫·福楼拜、乔治·桑，《通信集》(*Correspondance*)，弗拉马里翁出版
社，巴黎，1981 年，第 119 页。

③ 见后文。除这些趣闻外，贝尔纳·莫利诺(Bernard Morlino)在《因为是他：
文人间的友谊》(*Parce que c'était lui : les amitiés littéraires*，2015 年)一书
中还有其他生动记述。

④ 热拉尔·德福(Gérard Defaux)，《蒙田以及友谊的功用》(*Montaigne et le
travail de l'amitié*)，范式出版社(Paradigme)，奥尔良，2001 年。

⑤ 皮埃尔-玛丽·埃龙(Pierre-Marie Héron)，《热内和科克托：文人友谊的印
迹》(*Genet et Cocteau : traces d'une amitié littéraire*)，"让·科克托手册"
(*Cahiers Jean Cocteau*)，玛黑走廊出版社(Passage du Marais)，巴黎，2002
年，第 114 页。

读自己的手稿，并总在牛津的同一家酒馆频繁碰面。[①]

*

我们在这本书中记叙的故事各不相同，跨越美洲、欧洲和日本，从 18 世纪末到今天。这些故事也最大限度地呈现了友谊的不同面向：同志情谊，爱恨交织、动荡不安的关系，超越性别或年龄的默契，以及接近爱情、似有还无的暧昧。

这些故事有一个共同点：在我们所谈论的这些作家之间，都存在着某种超越了单纯日常社交和业务交流的联系，虽然这种联系的持续时间和表现形式不尽相同。"我爱您"或"我爱你"这样的话，大仲马对雨果说过，屠格涅夫对托尔斯泰说过，乔治·桑对福楼拜说过，凯鲁亚克对金斯堡说过，夏尔（Char）对艾吕雅（Éluard）说过，但他们可不会对在沙龙遇见的或收到自己新作的随便哪位同行都说这种话。

正是"情深意切"这一条标准，成了我们的首要依据。同时，我们还必须做出其他痛苦的选择：不让同一位作家占据两章的篇幅；[②]只保留双方都广为人知的作家朋友；[③]排除那些从朋友公开

[①] 科林·杜瑞兹（Colin Duriez），《J. R. R. 托尔金和 C. S. 刘易斯，友谊的故事》（*J. R. R. Tolkien and C. S. Lewis. The Story of a Friendship*），萨顿出版社（Sutton），2003 年，斯特劳德，第 75 和 169 页。

[②] 比如，在乔治·桑和福楼拜的夺目友谊的衬托下，福楼拜和莫泊桑或屠格涅夫的交往便显得黯然失色，也无法得到应有的重视。

[③] 在《四时佳友》（*Des amis en toute saison*），弗拉马里翁出版社，巴 （转下页）

变成敌人的作家,如海明威和斯科特·菲茨杰拉德,甚至是萨特和加缪;舍弃传奇伴侣(乔治·桑和缪塞、魏尔伦和兰波),虽然没有人能准确划分爱情与友情的界线,但在他们之间,情欲大于友谊。除了这些显然极富争议的选择之外,我们还面临着资料方面的限制。信函和见证材料并不总是充足,而且有时也无法让人准确了解人性以及一段友谊的滋味。虽然蒙田和拉博埃西是法国文学史上最负盛名的一对朋友,但关于他们的资料却少之又少。

我们这部作品之所以从 18 世纪开篇,是因为难以生动再现更早时代的文人之间的友谊。当然,理应观照彼特拉克和薄伽丘、伊拉斯谟和托马斯·莫尔、龙萨和杜贝莱、拉辛和布瓦洛,以及塞维涅夫人(Mme de Sévigné)和拉法耶特夫人(Mme de Lafayette)之间的关系,不过,他们虽真情相待,但通信的内容在今天的我们看来却显得有些不自然。这是因为,在他们生活的时代,体验友谊的方式与今日完全不同。彼时人与人的交往大多遵从某种规约,人们只能想象存在于公共领域的人际关系。

*

最终剩下这十三个章节。无论我们是否熟悉文中提到的作家,这些由奇遇、纠葛、痛苦、恩典时刻和共享创作交织而成的友谊

(接上页)黎,1996 年。这部优美的作品中,玛莎·塞里(Macha Séry)关注的恰是几段存在于著名作家和无名文人之间的伟大友谊。

故事，首先都是佳话美谈，在友谊中，作家们或许展现了自身最美的特质：温情。

　　创作这本书对我们而言是莫大的幸福，既是学习的幸福，也是一连数月与我们深深仰慕的作家为伴的幸福。

　　更是再次听到米歇尔·图尼埃那悦耳笑声的幸福。

1

颅骨与萝卜

1794 年 7 月 20 日，今德国耶拿城堡围墙前。一场学术会议刚刚结束，耶拿市自然历史学会的成员们正陆续离场。他们一边走，一边谈论刚刚那场"冗长而枯燥"①的报告。

有两个人也走了出来。弗里德里希·席勒，三十五岁，鹰钩鼻，金色长发，目光坚定，自信豪迈，风度翩翩。在他身旁的是约翰·沃尔夫冈·冯·歌德，四十五岁，脸上带着让人难以捉摸的神情，看起来有些倔强，但眼中闪耀着睿智的光芒，且始终保持着矜持与克制。歌德和对他来说几乎是陌生人的席勒一起出现，这完全是个偶然。此前，他们的关系仅限于两三封礼节性的信函往来和 1788 年的一面之缘。他们当然读过对方的作品。歌德知道席勒的剧作《强盗》（*Die Räuber*，1781 年）于几年前大获成功，而席勒也深知《少年维特的烦恼》（*Die Leiden des jungen Werther*，1774 年）和《艾格蒙特》（*Egmont*，1789 年）等作品早

---

① 吕迪格尔·萨弗兰斯基（Rüdiger Safranski），《弗里德里希·席勒，或理想主义的发明》（*Friedrich Schiller oder die Erfindung des deutschen Idealismus*），C. 翰泽尔出版社（C. Hanser），慕尼黑，2004 年，第 402 页。

已让这位前辈功成名就。他们相互尊重,仅此而已:歌德认为这位后生的才华"尚未成熟"①;席勒则艳羡这位同行的红运——歌德不仅文学成就斐然,还受到萨克森-魏玛公爵这一强大保护伞的优待。

正是自然历史学会的工作,为他们创造了彼此接触的机会。身为耶拿大学历史教授②的席勒曾是一名军医,因此他能够和醉心于物理及自然科学多年的歌德进行科学方面的探讨。在这方面,歌德更像是一位业余爱好者,他曾在一部植物学著作中提出"植物变形记"理论,认为所有植物都拥有某种相同的"原形态"。

7月20日那天晚上,席勒问歌德是否认为先前某场报告的自然观过于"割裂",歌德深以为然——他认为,若要理解自然,就必须将其作为一个整体来考量。他们从会场离开,几分钟后来到了席勒家门前。

两人说着话上了台阶,进了门。歌德抓起一支笔,随便找了张纸,画下了他所认为的其他所有植物源头的理想原形态。席勒则反驳称那只是一个理念,而非这一理论的证据。自认受到冒犯的歌德又提出自己的论据。这场辩论眼看要持续到地老天荒,最后,

---

① 玛丽-安妮·莱斯库雷(Marie-Anne Lescourret),《歌德:诗歌宿命》(*Goethe, la fatalité poétique*),弗拉马里翁出版社,巴黎,1999 年,第 153 页。
② 他的职位正是得益于时任大学部部长的歌德的举荐。同上,第 154 页。

他们暂且别过,谁也没说服谁。① 不过,也算是发生了一些什么:那是初见的火花。

两天后,他们共同的一位好友,哲学家威廉·冯·洪堡邀请他们共进晚餐。整个过程气氛热烈,再也不见之前的迟疑与保留。一个月后的 8 月 23 日,席勒在一封信中给歌德寄去了自己画的歌德肖像。这幅画像生动形象,歌德在回信中说从未收到过这么好的生日礼物——8 月 28 日是歌德的生日。

仅仅数周时间,两人便成为挚友。患有结核病的席勒身体羸弱,但只要健康状况允许,他便会跋涉二十多公里,从耶拿前往魏玛与歌德相见。通常情况下,是歌德来见席勒。每天傍晚,歌德都会来到席勒和妻子夏洛特以及孩子们生活的地方。夏洛特不时用饼干款待丈夫的这位贵友。

歌德坐在沙发上,席勒则在房间内来回踱步(他的性格中有一些急躁的特质),两人边聊天边喝潘趣酒——歌德不喜欢茶和药饮,只有在着凉时才会喝。天气晴好的时候,他们会在室外散步②,

① 歌德在《一次幸事》(Un événement heureux,1817 年)中记述了 1794 年他和席勒的相遇。该文后收录于《植物变形记及其他植物学作品》(La Métamorphose des plantes et autres écrits botaniques),三一出版社(Triades),巴黎,1992 年,第 194—195 页。

② 席勒第一次去魏玛的时候,和歌德进行了一次超过十二个小时的讨论。见尼古拉斯·博伊尔(Nicholas Boyle)《歌德:时代诗人》(Goethe:der Dichter in seiner Zeit),H. 弗利斯巴赫(H. Fliessbach)译,C. H. 贝克出版社(C. H. Beck),慕尼黑,1999 年,第 II 卷,第 283 页。

或者在凉亭中探讨他们关心的话题：美学争论、待写的杂志文章、手头作品的进度，以及新的写作计划。后来，歌德回忆起这些美好时光，曾不无伤感地慨叹："他那时三十多岁，我四十多岁，两人都正当年，多好啊！"[①]

即便在分别后，他们也会连续数日沉浸在先前的对话中，甚至在各自回家后迫不及待地写信告诉对方，自己的心仍与对方同在。任何事都可以作为延长讨论的由头：提出一个哲学问题，通报刚读到的一篇文章，或者讲一讲菜园的情况。1796 年 1 月，席勒请当时正专注于色彩理论研究的歌德为自己的住所挑选墙纸及墙纸的颜色，歌德说应该用绿色和粉色，并给席勒寄去了几卷墙纸。当工作繁重、需要长时间驻留魏玛时，歌德还会给席勒送去蘑菇、烤肉、梭鱼等食物作为礼物，并且嘱咐他要尽快食用；或是在自己的信过短时，为席勒奉上一道萝卜佳肴作为补偿。[②] 这些食物和他们的往来信函一样，有时会通过公国的邮局寄送，但大多数信件是由女佣克里斯蒂娜·温泽尔（Christine Wenzel）传递的。为了赶集，她会身背背篓、手挎篮子，从魏玛步行至耶拿。与信件一起的，还有白菜

① 爱克曼（Eckermann），《歌德谈话录》（*Conversations de Goethe avec Eckermann*），J. 许泽维尔（J. Chuzeville）译，伽利玛出版社，巴黎，1988 年，第 539 页（1827 年 10 月 7 日）。《歌德谈话录》目前已有多个中译本。本章凡涉《歌德谈话录》的内容，均采用朱光潜译本，人民文学出版社 2018 年版。此处引文内容系译者自译，因前述中译本未收录相应段落。——译注)

② 歌德、席勒，《1794—1805 年通信集》（*Correspondance 1794–1805*），L. 埃尔（L. Herr）译，伽利玛出版社，巴黎，1994 年，第 II 卷，第 222 页（1799 年 3 月 6 日）。

和萝卜![1]

1799 年 12 月,席勒定居魏玛:他和歌德同被任命为公国剧院院长。自那以后,两人得以天天见面,致力于各自剧作的演出。然而,他们并未就此搁笔不再写信。长信虽变为短笺,却一直未曾间断,见证着他们共同的生活:友人见面,高朋相聚,以及在歌剧院、剧院、俱乐部或宫廷度过的每个夜晚。

*

多年后,歌德讲道:"有一天我去拜访(席勒),适逢他外出。他夫人告诉我,他很快就会回来,我就在他的书桌旁边坐下来写点杂记。坐了不久,我感到身体不适,愈来愈厉害,几乎发晕。我不知道怎么会得来这种怪病,最后发现身旁一个抽屉里发出一种怪难闻的气味。我把抽屉打开,发现里面装的全是些烂苹果,不免大吃一惊。我走到窗口,呼吸了一点新鲜空气,才恢复过来。这时席勒夫人进来了,告诉我那只抽屉里经常装着烂苹果,因为席勒觉得烂苹果的气味对他有益,离开它,席勒就简直不能生活,也不能工作。"[2]

*

歌德和席勒经常进行精神交流。他们喜欢辩论,思考,探讨宏

---

[1] 歌德、席勒,《1794—1805 年通信集》,同前,第 I 卷,第 XI—XII 页。

[2] 《歌德谈话录》,同前引书,第 535 页(1827 年 10 月 7 日)。(此处采用朱光潜译本,见人民文学出版社 2018 年版。——译注)

大的技术问题及形而上学的问题。他们的信有时读起来就像一篇融合了两个声音的论文,其中"有感而发"的内容极为有限。

两人自始至终都以"您"互称。一向长于修辞甚至有时文风浮夸的席勒,会过度字斟句酌,"真情流露"的情况十分罕见,即便有,也通常极为含蓄。1795 年,歌德承受了丧子之痛,席勒只为此着墨三行,随后就用数页篇幅大谈歌德答应为自己负责的刊物撰写文章一事;而歌德在回信中,也只是在论述完该刊的相关问题后,稍稍提及了自家的不幸。这无疑反映了当时的时代特征,也肯定是因为羞于启齿,但更是一种对多愁善感的拒斥——在他们之间,那会显得不合时宜。然而,他们也会有卸下铠甲的时候,信末结语会忽见脉脉温情:席勒曾写下"全心拥抱您"①;另一边的歌德,偶尔也会任由真情流露:"我们二人是如此紧密地相联相交,以至于我对您的遭遇感同身受。"②

他们尤其会在谈起写作时有感而发。他们乐见对方写作,彼此分享创作带来的幸福和痛苦。饱受痉挛、头痛、发烧、长期失眠折磨的席勒,在身体状况允许他写作时会感到无比喜悦,在因痛苦来袭、情绪不佳或天气不好而无法写作时会深感绝望。歌德倒是很少陷入这种忧郁,不过他也有自己的"空窗期",无精打采、缺乏灵感或内心起伏剧烈时,他会感慨自己连"灵感女神的裙裾"③都见

① 《1794—1805 年通信集》,同前引书,第 I 卷,第 319 页(1796 年 12 月 9 日)。
② 同上,第 II 卷,第 307 页(1798 年 10 月 26 日)。
③ 同上,第 I 卷,第 299 页(1796 年 11 月 12 日)。

不着，席勒也会为歌德陷入"不如平时宁静和活跃的状态"①而忧心。

在这样的时刻，他们必定会转而向对方求助。

*

对于席勒而言，歌德就如同一团"火焰"，能够"激发起（他的）勇气"②，并点燃他的"那盏小灯"③；正是友人歌德的持续鼓励，才让席勒在灵感枯竭时重拾继续写诗的力量，并且让他在快要放弃时，坚持完成悲剧《华伦斯坦》（Wallenstein）。另一边，歌德则坦言，如果"没有（和席勒的）友情"④，他就无法完成《威廉·迈斯特的学习时代》（Wilhelm Meister）这部伟大的成长小说。

他们的信件是一来一回的问答、劝勉和建议。有时是席勒询问自己写作计划的"主旨思想是否正确"⑤；有时是歌德给席勒寄去手稿，询问友人是否"行得通"⑥。除了感谢席勒的评论，歌德也会在回信中说"我已经动剪子了"⑦。当歌德不知道如何继续写《浮士德》（Faust）时，他还是会求助于席勒，向他请教该如何写下去："万

---

① 《1794—1805 年通信集》，同前引书，第 II 卷，第 219 页（1799 年 3 月 5 日）。
② 同上，第 I 卷，第 333 页（1797 年 1 月 17 日）。
③ 同上，第 I 卷，第 267 页（1796 年 8 月 10 日）。
④ 同上，第 I 卷，第 232 页（1796 年 7 月 7 日）。
⑤ 同上，第 I 卷，第 324 页（1796 年 12 月 16 日）。
⑥ 同上，第 I 卷，第 213 页（1796 年 6 月 25 日）。
⑦ 同上，第 I 卷，第 118 页（1795 年 6 月 18 日）。

望您能在某个不眠之夜,仔细思索这一问题。"①他们都倾尽所能地回应对方的热切召唤。知道自己的作品将会由一个能够且足以理解自己的人阅读,他们何其有幸!歌德就曾说:"能在对方而非自我之镜中看到自己是何等幸运!"②

*

1798 年 6 月,歌德从自己的档案中找出了约二十年前的一份旧手稿,那是未完成的悲剧《埃尔佩诺尔》(*El pénor*)。歌德将这份手稿寄给席勒,且并未告知席勒自己就是作者……对于友人歌德寄来的任何东西都十分在意的席勒,以为这份手稿出自某位无名文人之手。经过仔细认真的阅读,席勒第二天便给歌德回了信:虽然一些拖沓和矫饰之处以及最后的独白有待调整,但作品"显示出深厚的文学修养,纯正且有分寸感的风格,以及对大家笔法的娴熟运用"。总之,席勒完全着了迷:"如果您能将作者的大名告知于我让我知晓,我将不胜感激。"③

可以想见,歌德在回信中感谢友人"准确而公正的评价"时一定在窃笑。他随后写道,自己如今终于明白为何当初没有完成这部剧作。略感尴尬的席勒在另一封信中总结,这部剧作"一经提起,便

① 《1794—1805 年通信集》,同前引书,第 I 卷,第 394 页(1797 年 6 月 22 日)。
② 同上,第 I 卷,第 91 页(1795 年 2 月 18 日)。
③ 同上,第 II 卷,第 120 页(1798 年 6 月 25 日)。

会让人超越作品本身,迫切地想要对孕育出它的灵魂一探究竟"①。

*

1805 年 5 月初,深受肾绞痛之苦的歌德几乎下不了床,但他还是抱病探望席勒。因患结核病而极度虚弱的席勒依然打算前往剧院,而歌德终因身体不适没能同行,两人"在他家门口"②分别。

5 月 9 日,席勒去世,终年四十五岁。因为歌德身体状况不佳,所以没有人告诉他这一消息。直到几天之后,歌德才听闻噩耗,他深受打击:"我感觉我自己也不复存在了。"③

此后数年,歌德依然用各种方式延续着同挚友席勒的对话:在魏玛剧院上演他的剧作;集结他们的信件出版通信集——这是歌德留存的有关席勒的"最美回忆"④。

除此之外,还有一份摄人心魄的见证:经过十一年的并肩写作,他们的文笔早已融为一体(甚至时常让人难以分辨⑤),歌德准备续写席勒的一首诗歌。

---

① 《1794—1805 年通信集》,同前引书,第 II 卷,第 122 页(1798 年 6 月 28 日)。
② 玛丽-安妮·莱斯库雷,《歌德:诗歌宿命》,同前引书,第 175 页。
③ 致策尔特(Zelter)的信,同上,第 174 页。
④ 《歌德谈话录》,同前引书,第 140 页。
⑤ 1795 年 12 月,席勒写信告知歌德,其诗作《大地的瓜分》(*Le Partage de la terre*)之所以取得一些成功,是因为人们误认为此诗出自歌德之手。歌德回复他,"很开心人们分不清(我们)两个"(《通信集》,同前引书,第 I 卷,第 177 页)。

这首诗便是席勒于 1799 年创作的《大钟歌》,其中描绘了人生的关键阶段。歌德为它新增了十三节,并且与席勒原诗的形式和笔调完美相融。不过,席勒原诗旨在欢庆和平及生命的胜利,而歌德却将之变为一首哀歌:

> 那时,我听到恐怖的半夜钟声,
>
> 沉重而郁闷,使人感到凄凉。
>
> 这竟然可能?是意味我们的友人?
>
> 他关系着我们的一切愿望。[1]

还会有比这更美的祭物吗?曾与席勒共同写作、离不开席勒协助的歌德,如今不仅为他写作,还代他写作。

*

1826 年 9 月,魏玛当局决定打开安葬着席勒骸骨的公共墓穴(席勒自二十一年前去世起便一直安眠于此),并计划将其放置到公国教堂的一座专属墓穴中。时年七十七岁的歌德参与了开掘过程。很可能是歌德根据自己的判断,辨认出了挚友席勒的遗骨。

---

[1]《席勒〈大钟歌〉跋》(*Epilogue au* Chant de la cloche),见歌德《诗集》(*Poésies*),奥比耶出版社(Aubier),巴黎,1982 年,第 II 卷,第 519 页。(此处采用钱春绮译本,见《歌德文集》第 8 卷《诗歌》,冯至、钱春绮、绿原、关惠文译,人民文学出版社,北京,1999 年,第 229 页。——译注)

这些遗骨先是被放在一旁，随后被郑重移送至教堂。颅骨则被送至公国图书馆，"参加"在那里举行的一次简短而正式的仪式。在那个颅相学学说风靡一时的年代，人人都想一睹这宝贵的遗骨。

对于歌德而言，其他人可无权欣赏挚友的容颜。几天后，他将席勒的颅骨带回了自己家中——毕竟，没有人会对歌德这位伟大的作家说"不"。这颗颅骨下垫蓝色绒垫，外套钟形罩，被小心安放在歌德的私人书房内。[1]

"他从不将它示人"，一位知情者如是说。[2]

六年后的 1832 年，歌德也离开了这个世界。今天，他仍安睡在魏玛公国教堂一座桃花心木漆棺中，与旁边的席勒共长眠。

两人的棺椁几乎完全一样，唯一的区别在于歌德的棺上饰有青铜把手。

还有一个细节。2008 年的一项科学研究表明，那个颅骨以及 1826 年掘出的骸骨，都不是席勒的。[3]

---

[1] 米夏埃尔·哈格纳（Michael Hagner），《天才大脑：精英头脑研究史》（*Des cerveaux de génie. Une histoire de la recherche sur les cerveaux d'élite*），人文科学之家出版社（Éditions de la Maison des sciences de l'homme），巴黎，2008 年，第 65 页。

[2] 威廉·冯·洪堡写给夫人的信，1826 年 12 月 26 日，引自阿尔布雷希特·舍内（Albrecht Schöne）的《席勒的颅骨》（*Schillers Schädel*），C. H. 贝克出版社，慕尼黑，2002 年，第 39 页。

[3] 沃尔特·欣德勒（Walter Hinderer），《这个席勒今日何在?》（*Where is this Schiller now?*），见合著《这个席勒今系何人?》（*Who is this Schiller now?*），卡姆登书屋（Camden House），萨福克，2011 年，第 260 页。

2

英国花园中

1828 年，滑铁卢。田野一望无际，旁边的狮子山上，伫立着那座于两年前竖起的著名雕像。

这壮美而宁静的景色，映衬出两个人的身影：一人头发灰白，一动不动；另一人个头稍矮，敦敦实实，手脚不停比画着。[1] 在他们面前这片广阔无垠的土地上，昨日还上演着决定欧洲命运的战争，如今却沉睡着成千上万名士兵的灵魂。

两个人的友谊，也似灾难一场。

*

1797 年 6 月，雷斯唐农庄（Racedown Lodge）。这座大房子位于多塞特郡皮尔斯顿朋（Pilsdon Pen）山脚，二十七岁的诗人威廉·华兹华斯为了找寻写作所需的宁静来到了这里。这栋屋子遗世独立，华兹华斯和妹妹多萝西（Dorothy）在这里过着简朴的生活，与诗

---

① 玛丽·穆尔曼（Mary Moorman），《威廉·华兹华斯传》（*William Wordsworth, a Biography*），克拉伦登出版社（Clarendon Press），牛津，1965 年，第 II 卷，第 434 页。

为伴，漫步乡野。没有什么打扰他们"十足的清净"①，除了迷途旅人或村民邻居的偶然到访。而今天，他们却在恭候一位访客的到来。多萝西招呼自己的哥哥：远处有人来了。对，就是他。只见他跃过栅栏，一路小跑，并未沿田间小路行进，而是径直穿过了田野。②

塞缪尔·泰勒·柯尔律治终于来了，气喘吁吁，容光焕发。

他二十五岁。华兹华斯高大瘦削，甚至可以说瘦骨嶙峋，而他矮小敦实。他天生精力旺盛，给人留下结实健壮、热情洋溢的印象。长而卷的棕色络腮胡总是忘记打理，但那双灰色的大眼睛却分外灵动。他口才极佳，讲起话来滔滔不绝、激情澎湃，让人忍不住随声附和。③

朋友？还算不上。

两年前，即 1795 年，这两位未来英国浪漫主义诗歌运动的巨擘在布里斯托尔的一场社交宴会上相遇。他们的私交仅止于几次通信，以及 1797 年 5 月华兹华斯对柯尔律治的礼节性拜访。

那之后，一切都将发生变化。

---

① 华兹华斯的信，引自朱丽叶·巴克（Juliet Barker）的《华兹华斯：一生》（*Wordsworth，a Life*），企鹅出版集团，伦敦，2000 年，第 115 页。（此处及本章其他引自本书的内容，是译者自英文版翻译而来。——译注）

② 邓肯·吴（Duncan Wu），《华兹华斯：内心生活》（*Wordsworth，an Inner Life*），布莱克威尔出版公司（Blackwell），霍博肯，2004 年，第 88 页。

③ 理查德·霍姆斯（Richard Holmes），《柯尔律治：早年追求》（*Coleridge，Early Visions*），哈珀出版社（Harper），伦敦，2005 年，第 149—151 页。

*

柯尔律治来雷斯唐农庄时，并未打算久留。他没想强迫自己，况且妻儿还在等着他……但渐渐地，他明显感觉到待在这里十分舒适自在。

新朋友华兹华斯家的一切都让柯尔律治着迷。他对华兹华斯给自己读的手稿惊叹不已，甚至认为它们优于"我们语言中与之相似的一切"①。这处居所俨然天堂。作为才华横溢的抨击文的作者，柯尔律治平时喜欢喧嚣热闹，但在这里他却突然开始梦想过一种"除了在大花园中写作，别的什么也不干"的生活。更重要的是，他觉得有人倾听自己、理解自己。华兹华斯兄妹毫不掩饰对他的欣赏和喜爱，"这可真是个妙人！"②多萝西在写给一位笔友的信中如是说。

回自己位于下斯托威（Nether Stowey）的家？柯尔律治用了整整三周才下定决心。

两天后，他又开着一辆小车，带着一个主意回来了。

华兹华斯兄妹就这样被说服了。说干就干：他们上了车，陪着柯尔律治回了家。走了五十公里"糟糕至极"的路后，他们终于到了下斯托威。柯尔律治向客人们介绍自己的妻子萨拉（Sara），并请

---

① 致 J. 科特尔（J. Cottle）的信，引自朱丽叶·巴克《华兹华斯：一生》，同前引书，第 204 页（1798 年 3 月 7 日）。

② 致 M. 哈钦森（M. Hutchinson）的信，引自亚当·席斯曼（Adam Sisman）的《华兹华斯和柯尔律治：友谊》（*Wordsworth and Coleridge, The Friendship*），哈珀出版社，伦敦，2007 年，第 176 页（1797 年 6 月）。

她留宿这两位宾客。

十几天过去了，华兹华斯兄妹仍不愿回家。7月中旬，他们在相邻的霍尔福德（Holford）村租下了一栋房子。两位诗人的家相距不足五公里，步行一小时内可达。对他们而言，那是一段幸福的时光。那十六个月是绝无仅有、几乎每天相见的十六个月。他们邀请对方来自己家里做客，在附近的山丘漫步，长时间互读诗作。多萝西经常参与他们的会面，而忙于照看长子哈特利（Hartley）和次子伯克利（Berkeley）的萨拉则不常露面。

看到极度敏感、犹豫不决的丈夫在朋友那里寻找家的替代品，萨拉或许也十分难过。她知道，在柯尔律治表现出来的热情下，其实掩藏着一颗备受煎熬的心。他为烦躁症所困，深陷焦虑之中，借助吸食鸦片来缓解神经痛。他这是在和自己搏斗。他确实很出色，没有人能像他一样，在讲话时如此引人注目，但他的健谈和魅力只不过是寻找认同的一种方式罢了。在他心中，是对爱的深深渴求。柯尔律治需要找到一个自己欣赏的人，需要从这个人目光的回应中证明自己。

在柯尔律治的周围，只有一个人能够扮演这一角色，那就是华兹华斯。柯尔律治亦深以为然，他直言和这位大拿朋友相比，自己简直不值一提："在他身旁，我感到自己是一个侏儒。"①

---

① 致 J. 科特尔的信（1797 年 6 月 8 日），引自理查德·霍姆斯《柯尔律治：早年追求》，同前引书，第 149 页。

*

　　尽管他们的关系在一开始不太对等，但形影不离的二人成就了一段不朽佳话。树林中、花园里、客厅内，都能见到他们协力工作的身影。他们之间是一种良性竞争的氛围。一天下午，正在自家花园中构思新诗的华兹华斯，突然发现到了要去找多萝西喝茶的时间。此时柯尔律治正与多萝西在一起，华兹华斯礼貌地请求他们原谅：诗还差一节，他想在写完诗后再吃茶点。柯尔律治于是问华兹华斯想表达什么样的想法，华兹华斯告诉了他，柯尔律治即席赋成一节，华兹华斯倒一点也不客气，直接把它拿来放入了自己的诗行中。[①]

*

　　过了一段时间，华兹华斯在霍尔福德的租约即将到期，但他一点也不想和柯尔律治分开。可否借此机会共游欧洲、实现夙愿？华兹华斯太熟悉那片大陆了，尤其是法国——他曾在革命风暴正盛之时驻留那里，还留下了一个私生女。德国同样让他着迷，也吸引着读遍哲学名家大作的柯尔律治。碰巧在这时，柯尔律治的出版人给他们提了一个建议：他提供三十几尼[②]的资助（这大大方便了他们的旅行），但两位诗人要以一部合著诗集作为回报。英国诗

---

① 亚当·席斯曼，《华兹华斯和柯尔律治：友谊》，同前引书，第 199 页。这首诗是《我们是七个》（*We are seven*），后发表于《抒情歌谣集》中。
② 几尼，英国旧金币，合 21 先令。——译注

歌史上的不朽杰作——《抒情歌谣集》(*Lyrical Ballads*) 就此诞生了。

两位诗人商定匿名出版这部作品。这一做法在当时十分常见。柯尔律治还想出版一部新诗集,但不知是幸运还是不幸,他最后的诗作将与友人的诗作一并呈现。

柯尔律治当时手上恰有一部代表作《老水手行》(*The rime of the ancient mariner*)。1797 年 11 月,他和华兹华斯兄妹离开霍尔福德,到沿海一带漫步。与往常一样,他们一边散步,一边构思可能的创作题材。二人有了主意,打算讲述一位神秘水手漂泊的故事。华兹华斯灵光一闪:要把船长设计为一个死人!借助这股激情,华兹华斯着手创作。不过,他写了一两节便放弃了,因为他感觉写超自然的主题并不顺手。另一边的柯尔律治却十分坚持,投入到这首诗的写作中,并赋予它形而上学的丰富内涵。几周后,他完成了这首英国文学史上最著名的诗歌之一。全诗风格怪诞神秘,语言生涩、几近粗野。诗的内容后来也有改动,变成讲述一个人为自己对造物所犯下的罪行赎罪的故事。[①]

《歌谣集》中的其他作品,都是他们在热情的,甚至有点类似中学生的交流中完成的。从柯尔律治向友人寄出《夜莺》(*The Nightingale*)文本时所示的这些蹩脚诗句,便可见一斑:

[①] 柯尔律治、华兹华斯,《抒情歌谣集》,劳特利奇出版社(Routledge),泰晤士河畔阿宾登,2005 年,第 1—5 页。

像吟游诗人一样，亲爱的华兹华斯，

你得告诉我你的想法，我的鸟儿华斯。①

*

诗集于1798年出版的时候，柯尔律治和华兹华斯正在德国。在那里，他们很快走上了不同的道路：华兹华斯把时间花在写作和旅行上，柯尔律治则频繁出入各个大学，精进自己的哲学知识。

多萝西一如既往地随行照顾哥哥。但是，萨拉·柯尔律治却被丈夫留在了英国：他对她说，无论如何她都得留下。柯尔律治一走就是十个月，这十个月给萨拉带来的不仅是社交上的不适，还有经济上的拮据。《抒情歌谣集》的滞销更是让一切雪上加霜。

不久之后，还发生了一件令人痛心的事：柯尔律治夫妇的次子伯克利身患重病。萨拉本可以理直气壮地要求柯尔律治回家，但心怀善意的朋友们却劝她让诗人全心创作，劝她迁就他不安的情绪。1799年2月11日，孩子夭折。不可思议的是，同样一幕再次上演：好心人劝萨拉保持沉默。到了4月4日，柯尔律治才终于得知孩子的死讯。在回信中，柯尔律治借用华兹华斯的诗《墓志铭》(*A Poet's Epitaph*)表达了自己的悲痛之情。②

---

① 理查德·霍姆斯，《柯尔律治：早年追求》，同前引书，第193页。
② 同上，第224页。

023

*

1799 年末。柯尔律治和华兹华斯回到英国。乍看之下，他们的分别并未改变他们的关系。

他们决定投入《抒情歌谣集》的再版工作，为这部共同的作品争取第二次机会。柯尔律治倾情参与，为了方便合作，他很快放下手头正在进行的工作，搬到华兹华斯兄妹的居住地格拉斯米尔附近。他的工作并不轻松，不仅要重读文本，创作新诗以增加诗集体量，还要协助华兹华斯完成序言的撰写。

他们决定不再匿名出版，或者说差不多是这样：他们约定只署华兹华斯一人之名。这很让人困惑，虽然从数量上来说，诗集中仅有三分之一的诗出自柯尔律治之手。

最让人惊讶的还不是这一点。

华兹华斯认为（不知他的判断是错还是对），诗集的惨败要归咎于《老水手行》。他恳求朋友修改诗作，并称应将这首在初版中占据开篇位置的作品挪到诗集的最后。华兹华斯甚至还为这首诗附上了解释性说明，直指诗中存在"重大缺陷"，并称这篇"令众人不快"的作品并非出自己手。说明以一段高高在上且晦涩别扭的赞扬作结，非但没有减弱控诉火力，甚至依旧夹枪带棒：无论如何，这首诗的"成就"还是为它带来了"更优秀的诗作未必具有的某种价值"①。

---

① 柯尔律治、华兹华斯，《抒情歌谣集》，同前引书，第 318 页。

愚蠢乎？阴险乎？糊涂乎？华兹华斯在后来的一版中又删除了这一说明。与此同时，柯尔律治还碰到了另一件令他沮丧的事：他正在重新加工、原本打算辑入诗集的一首从未发表过的作品《克丽丝德蓓》(Christabel)，在出版社已经开始排版的情况下，最终还是被从诗集中拿掉了。

柯尔律治甘于对友人华兹华斯言听计从，是他自己坚持只让华兹华斯一人署名的；他对朋友们表示，《克丽丝德蓓》本就不配出版，甚至还亲手抄写了要取代这首诗出版的华兹华斯的诗作《迈克尔》(Michael)的头二百行；就连他自己都瞧不上《老水手行》。

他心甘情愿被奴役，因为这能让他实现自己最珍贵的愿望。①

*

1800 年秋，柯尔律治的身体状况急剧恶化：眼睛发炎，颈部生疖，腿部风湿痛。1801 年初，情况更加严重：双腿肿胀，鞘膜积液，肾绞痛，并伴有高烧。为了治病，他滥用鸦片。尽管用量已达引起依赖的程度，但他仍在不断加大剂量，因此被迫在家中静养三个月。

这场广义上的危机，显然出现在他和华兹华斯的潜在竞争加

---

① 在《柯尔律治和华兹华斯的〈抒情歌谣集〉：各有不同》(Lyrical Ballads de Wordsworth et Coleridge, la différence en partage) 一书 (PUF 出版社，巴黎，2001 年，第 21 及其后页) 中，德尼·博纳卡斯 (Denis Bonnecase) 和马克·波雷 (Marc Porée) 解释了柯尔律治如何因他对华兹华斯的仰慕和卑躬屈膝而终对其心生嫌隙的来龙去脉。

剧之时,而冲突的种子似乎早在《抒情歌谣集》再版时便已埋下。实际情况是,柯尔律治开始对自己的创作才华失去信心,他那满是泄气话的信函和私人笔记便是证明:他不停地拿自己和华兹华斯对比,并且用最激烈的词语贬低自己。他甚至自认"不配给(华兹华斯)解鞋带"[1]。在写给玛丽·雪莱(Mary Shelley)的父亲、友人葛德文(Godwin)的信中,他说华兹华斯对他来说就像是"从天而降的'认识你自己'神谕",为了证明他"不是个诗人"。[2]

才二十八岁的他,觉得人生全完了。

*

1806年秋。柯尔律治在结束了马耳他的旅行后,拜访了两年未见的华兹华斯。真是令人心酸的重逢。华兹华斯自1802年结婚以后,一直春风得意。他的才华得到认可,从容安宁地经营着人丁兴旺的小家,家里有他和三个孩子、妹妹、妻子及妻妹。而柯尔律治则处处失意。他的计划即将落空。他避谈一切个人问题,似乎在逃避所有的实质性交流。他胖了不少,多萝西写道,他的眼睛在他脸上的横肉间消失不见。[3]

颇为痛心的华兹华斯一家打算出手干预。为了让柯尔律治重

---

① 致葛德文的信,引自亚当·席斯曼《华兹华斯和柯尔律治:友谊》,同前引书,第313页(1800年9月8日)。

② 同上,第326页(1801年3月25日)。

③ 玛丽·穆尔曼,《威廉·华兹华斯传》,同前引书,第Ⅱ卷,第87页。

整旗鼓,他们请他在家中住下,想待多久就待多久。然而,在柯尔律治面前展现幸福的样子,这并非华兹华斯一家能够给予他的最好帮助。更糟糕的是,柯尔律治无可救药地爱上了威廉的妻妹萨拉(Sara),或者说阿斯拉(Asra)——这是柯尔律治对她的称呼,以区分她与自己的妻子萨拉。

这次从 1806 年 12 月到 1807 年 4 月的小住,对所有人来说都很痛苦。每天晚上,华兹华斯都会向全家人认真朗读自传体长诗《序曲》(*The Prelude*)中的诗节。在这首诗中,他抓住一切机会向柯尔律治致敬。不过,柯尔律治可不是谦谦君子的典范:鸦片、酒精和自我仇恨早已将他摧毁。

面对华兹华斯,柯尔律治前所未有地遭到妒忌和崇拜的摧残。在柯尔律治失意的方面,这位朋友总能得意:显而易见,阿斯拉疯狂地爱慕着华兹华斯,就像玛丽和多萝西一样。而柯尔律治呢,没有人会爱他。他甚至还产生过挥之不去的幻觉:威廉和阿斯拉同床共枕。在笔记中,他曾呐喊自己的绝望和迷恋:"残忍啊! 他竟被两个女人视若珍宝、爱恋、仰慕,那是何等的女人! 我呢,我难道只该作为拱月的众星之一被爱吗? 但他可不就是所有人中最优秀、最伟大、最具魄力且各方面都最迷人的那一个吗?"[1]

华兹华斯试图劝说柯尔律治打消对自己妻妹的念头,但没能拿捏好分寸。柯尔律治怒不可遏,因为他那时终于意识到自己成

---

① 亚当·席斯曼,《华兹华斯和柯尔律治:友谊》,同前引书,第 386 页。

了被怜悯的对象。

＊

华兹华斯没有就此放手。1808年3月，为了强迫柯尔律治保持社交生活，华兹华斯和他一同定居伦敦，并于同年冬天再次留柯尔律治小住。这一次的驻留是十足的灾难。柯尔律治把自己锁在工作间里，只在吃饭的时候出来。他甚至会当着华兹华斯的孩子们的面饮酒或吸食鸦片。他时而如一潭死水，麻木冷漠，时而粗鲁、暴躁。他再也无法写作，对华兹华斯这位总让他感到不适的朋友的作品也失去了兴趣。厌倦了这种气氛的阿斯拉，最终离开了姐夫家。1810年9月，情绪低落到极点的柯尔律治，回到了妻子身边。

华兹华斯认输了。不久后，他接待了前来拜访的巴希尔·蒙塔古(Basil Montagu)——他和柯尔律治共同的好友。这位朋友毛遂自荐，希望成为柯尔律治在伦敦的监护人。华兹华斯一口回绝，还劝他最好放弃这个想法，因为柯尔律治已经完了，沦落为"臭酒鬼"，他的存在对整个家庭来说纯粹是"危害"。[①] 华兹华斯真的这么说过吗？10月底，带着近乎恶意的愚蠢，蒙塔古当面对柯尔律治透露华兹华斯说过这样的话。

柯尔律治因此受到巨大打击。他觉得这是对二人十五年友谊

---

① 玛丽·穆尔曼，《威廉·华兹华斯传》，同前引书，第 II 卷，第 198 页。

的背叛,不可原谅。11月3日,他写道,近期的一些事使他意识到"地球上从来没有人爱过他"①。有那么一个清醒的瞬间,他将部分责任归于自己的彻底失败:"自我贬低以及在和友人的比较中低估自身才华"②的习惯,造成了他们之间不健康的关系。

尽管如此,柯尔律治仍在等待华兹华斯否认蒙塔古的说法。华兹华斯和多萝西找不到更好的方法,只得求助于萨拉·柯尔律治。他们竟然请萨拉做中间人,简直没有分寸感。萨拉拒绝了。或许柯尔律治和华兹华斯只需见上一面便可一抱泯恩仇,但似乎谁也没想到要组织这样一次会面。

这次见面原本可能在1812年2月成行。从伦敦归来的柯尔律治路过华兹华斯一家居住的格拉斯米尔,同行的还有柯尔律治的两个儿子——哈特利和德温特(Derwent)。两个孩子与父亲的这些朋友相识已久,期待着能到他们家歇歇脚,但马车第一次没有在华兹华斯家门口停下,而是继续前行。被吓呆的孩子们都不敢问父亲这是怎么一回事。哈特利开始默默流泪,柯尔律治也把脸转向一边,试图隐藏自己的情绪。③

*

通过一些共同的朋友,柯尔律治和华兹华斯互递了一些信,却

---

① 玛丽·穆尔曼,《威廉·华兹华斯传》,同前引书,第Ⅱ卷,第200页。
② 同上。
③ 亚当·席斯曼,《华兹华斯和柯尔律治:友谊》,同前引书,第409页。

都没有拆开。在关于这场纷争的问题上，他们都一再掂量、斟酌措辞。1812 年 5 月，沉寂数月后，华兹华斯决定打破僵局，郑重辟谣：他从未说过别人指称他说过的那些话。柯尔律治用浮夸的文笔予以回应："我在全能的上帝面前发誓，任何时候，哪怕是在最忧心的时候，我都没有想过质疑你说那些话的可能性。"①读到这让人局促的句子，很难相信这两位心有灵犀的人昔日曾在霍尔福德发出过由衷的笑声。此后不久，他们又一次一起漫步。当柯尔律治受邀到伦敦举行讲座时，华兹华斯就坐在观众席中。

这段关系迎来漫长的黄昏，他们五年没有见面。1817 年，两人在一次晚宴上偶然重逢，但气氛冰冷。柯尔律治渐渐走入深渊，他彻底与家人决裂，并定居在一位医生的家中。这位医生曾试图治愈柯尔律治的鸦片成瘾症，但没有成功。

两人的友谊已近阑珊。1828 年，他们最后一次见面：华兹华斯的女儿多拉(Dora)拉着他们一起到佛兰德斯旅行。他们借这次机会去了滑铁卢。多拉在日记里将柯尔律治描述为一个肥胖而疲惫的老头。他喘不上气，说了一大堆话，但华兹华斯却连"一个音"②都听不懂。

---

① 玛丽·穆尔曼，《威廉·华兹华斯传》，同前引书，第 II 卷，第 208 页。
② 托马斯·格拉顿(Thomas Grattan)的见证，引自凯蒂·沃尔德格雷夫(Katie Waldegrave)的《诗人之女，多拉·华兹华斯和萨拉·柯尔律治》(*The Poets' Daughters, Dora Wordsworth and Sara Coleridge*)，哈钦森出版社，伦敦，2013 年，第 121 页。

＊

　　1834 年 7 月 27 日,柯尔律治离世。华兹华斯(1850 年逝世)称
柯尔律治是"他认识的最出色的人"①。

———————————

① 亚当·席斯曼,《华兹华斯和柯尔律治:友谊》,同前引书,第 425 页。

3

仿佛灵魂在交流

参观位于巴黎孚日广场的维克多·雨果故居，可以看到一个丑中见美的物件。

这是一张八边形小木桌。四条桌腿做工精细，底座为猛兽爪，上部为神兽首，兽嘴大张。桌面固定在这些兽首之上，正中间有一个类似盒子的东西，轮廓圆润，镶着金属边，饰有棕叶图案，极具艺术性。盒子的四个半圆形边角处是抽屉，依稀看得到四个极小的拉手。盒子上方嵌着的四个墨水瓶微微凸起，桌面玻璃下压着四个人的墨宝：乔治·桑、拉马丁、大仲马和雨果。

这张桌子能与公众见面，得益于雨果夫人的慷慨。1860 年，在根西岛(l'île de Guernesey)度过五年后，阿黛尔(Adèle)准备在那里建一座托儿所。她举办了一场慈善义卖活动，意在通过丈夫的文人贵友筹集资金。乔治·桑、拉马丁和大仲马在接到邀请后欣然接受，捐出了各自的墨水瓶，并附上寄语。雨果也拿出了自己的墨水瓶，并将亲手绘制的设计图交给一位高级细木工，他要为这些宝贝量身定做一个盒子！

义卖当天，这个标价奇高的珍品，被放在最佳位置展出。但没能找到买主。

后来，它被放在高城居（Hauteville House）①的住所中，和它共处一室的还有另一个稍微低调那么一点的物件：一只引人注目的莲花形日本香炉。那是大仲马为义卖准备的额外捐赠，雨果支付了一百多法郎才将它收入自己囊中。②

大仲马是三位作家中最慷慨的人，也是雨果最珍视的朋友，二人的真切友谊持续了三十年之久。

＊

1829 年 7 月 9 日，巴黎田野圣母街（Rue Notre-Dame-des-Champs）11 号。年轻的浪漫主义者们对这个地址再熟悉不过，这里住着他们当中最出名的一位：维克多·雨果。凭借多部诗集、三部小说以及剧作《克伦威尔》（*Cromwell*）的著名序言，年仅二十七岁的雨果已在文坛崭露头角。这天，巴尔扎克、梅里美、缪塞、圣伯夫、维尼（Vigny）和大仲马齐聚雨果家中，听他朗读新作品：五幕诗体剧《玛丽蓉·黛罗美》（*Marion de Lorme*）。

同是二十七岁的大仲马兴奋不已。他和其他人一样，聚精会神地听着。朗读一结束，他就激动地挥舞着双臂走向雨果。这位

---

① 自 1903 年孚日广场上的雨果故居博物馆开馆以来，这张桌子就一直保存于馆内。

② 让-马克·奥瓦斯（Jean-Marc Hovasse），《维克多·雨果》（*Victor Hugo*），法亚尔（Fayard）出版社，巴黎，2008 年，第 II 部，第 600 页。

出了名的大力士一把抱住雨果,把他高高举起,大声喊道:"我们要把您带上荣誉的宝座!"茶点时间到了,阿黛尔·雨果为来宾们准备了糕点和冷饮。大仲马狼吞虎咽,塞满食物的嘴里不停地重复着:"妙哉!妙哉!"①他的热情可不是装出来的:两年后,他偶遇一位记者,对方批评这部剧"诗歌差劲"②,大仲马感到十分气愤,当即背出了这部作品中他最中意的一大段。

1829 年 8 月,在获悉审查部门对《玛丽蓉·黛罗美》下了禁令(剧中对路易十三的刻画可能有损王室威严)后,大仲马紧急在杂志上发表了一首诗作,题目按当时流行的风格拟定:《〈玛丽蓉·黛罗美〉被禁后致友人维克多·雨果》(*À mon ami Victor Hugo après l'interdiction de* Marion de Lorme)。说实话,这首诗并未广泛流传,但饱含作者之勇,是其高度称赞的"博爱"之情的美好写照。大仲马和雨果同年出生,父亲都是将军,而且都成长于"布满炮眼的摇篮"③。这两位友人注定走向同样的命运:没有成为军人,而是成了诗人。

他们的战场自然在戏剧领域。1829 年 2 月,大仲马的浪漫主义诗体剧《亨利三世和他的宫廷》(*Henri Ⅲ et sa cour*)上演,震惊了古典戏剧的拥护者们。他很可能正是在这样的契机之下遇到了

---

① 克洛德·绍普(Claude Schopp),《亚历山大·仲马》(*Alexandre Dumas*),法亚尔出版社,巴黎,2002 年,第 135 页。
② 同上,第 207 页。
③ 1829 年发表于《气灵》(*Le Sylphe*)的诗作,引自克洛德·绍普的《亚历山大·仲马》,同前引书,第 136—137 页。

雨果。一年后的 1830 年 2 月 25 日，雨果的《艾那尼》(*Hernani*)轰动了法兰西喜剧院(La Comédie-Française)。大仲马当然在场。他暴跳如雷，捶胸顿足。

较量还没结束：不到一个月后，大仲马拿出了取材于瑞典女王克里斯蒂娜的新作品。

*

1830 年 3 月 30 日 23 时，奥德翁剧院。幕布拉开，《克里斯蒂娜或斯德哥尔摩、枫丹白露、罗马》(*Christine ou Stockholm*, *Fontainebleau*, *Rome*)的尾声上演。在当日演出刚开始的时候，人们就知道，《艾那尼》那次的较量会重演。拥护者、反对者以及疯狂的浪漫主义者，所有人的一举一动都被焦急的大仲马看在眼里。这次会失败还是成功？一些场景引起的反响热烈，但这个夜晚太漫长了。将近午夜时分，克里斯蒂娜还在问医生："我还能活多久?"一位观众喊道："如果到 1 点还没完，我可就先走了!"①

终于，演出结束了，很难解读观众的反应，虽不算是失败，但也并未获得预想中的成功。

大仲马的支持者们聚集在奥德翁剧院的列柱廊，其中当然有雨果，还有维尼。大仲马邀请整个演出队伍(二十五个人!)到自己位于大学街的家中，享用当时的情人梅拉妮·瓦尔多(Mélanie

---

① 克洛德·绍普，《亚历山大·仲马》，同前引书，第 147 页。

Waldor)准备的消夜。压力、兴奋和疲惫,让这顿饭气氛热烈,同时剑拔弩张。但大仲马却忧心忡忡。他的剧作过于冗长,这一点他心里清楚。如果想在第二天补救一下的话,他必须紧急删减篇幅,并重新润色那些显然并不讨喜的词句。但从情理上说,他能撇下这些宾客不管吗?

"不要担心。"雨果和维尼拿着《克里斯蒂娜》的手稿进了里屋,留下其他人欢唱着大吃大喝。他们忘我地投入工作,琢磨、删减、重写,持续了四个小时。等他们走出房间时,发现客人们东倒西歪,早已进入梦乡。他们小心翼翼地将这份"待演"手稿放在壁炉台,"然后,这两位对手如同兄弟一般你搂着我、我搂着你,悄然离去,没有惊醒任何人!"①

如有神助的《克里斯蒂娜》大获成功,大仲马也终于名扬天下。次年5月,《安东尼》(Antony)也成绩不俗。大仲马专程将一份副本寄给维克多·雨果,题献写道:"致我卓越而伟大的维克多。挚友亚历克斯·仲马。"②

7月,度假中的大仲马还从特鲁维尔寄给雨果一筐他亲自捕的虾③——看来他真觉得怎么表达感激之情都不为过。

———————————

① 大仲马,《我的回忆》(Mes Mémoires),罗贝尔·拉丰(Robert Laffont)出版社,巴黎,2002年,第1106页。
② 克洛德·绍普,《至死不渝的友谊:维克多·雨果—亚历山大·仲马通信集》(Une amitié capitale. Correspondance Victor Hugo-Alexandre Dumas),图书馆(La Bibliothèque)出版社,巴黎,2015年,第26页。
③ 同上,第28页。

*

　　1833年，一件相当复杂的事让这段融洽的关系经历了一次考验。一切缘起于一起无关紧要的纷争，但阴差阳错之下，事态日趋严重。

　　第一幕。1833年秋。一位名叫保罗·格拉涅尔·德·卡萨尼亚克(Paul Granier de Cassagnac)的记者写了一篇关于大仲马新作的书评，他斥责大仲马的所有作品纯粹是在剽窃歌德、席勒、沃尔特·司各特(Walter Scott)、洛佩·德·维加(Lope de Vega)，尤其是，他的大部分想法是从维克多·雨果那里抄来的。总而言之，"大仲马[……]不存在"。① 这篇文章在刊发之前被提交到了《辩论报》(*Journal des débats*)主编贝尔坦(Bertin)的手上。

　　第二幕。10月底，维克多·雨果在贝尔坦家小住。贝尔坦将文章校样拿给雨果看：要见报吗？雨果的回答我们不得而知。

　　第三幕。就在这时，还没等文章见报，一个传言便不胫而走：雨果和大仲马因妒忌对方在戏剧上的成功而彼此疏远。圣马丁门剧院(Théâtre de la Porte Saint-Martin)的院长阿雷尔(Harel)借机在剧院外贴出了一张吊足观众胃口的海报：即将上演维克多·雨果的《玛丽·都铎》(*Marie Tudor*)，并"紧随其后"上演亚历山大·仲马的《安热勒》(*Angèle*)。广告虽好，却激怒了维克多·雨果。雨果认为阿雷尔这是在说他的作品会一败涂地，会迅速被大仲马

---

① 克洛德·绍普，《至死不渝的友谊：维克多·雨果—亚历山大·仲马通信集》，同前引书，第47页。

的作品取代。

第四幕。11 月 1 日。格拉涅尔·德·卡萨尼亚克的文章最终还是见报了。深知雨果在《辩论报》的影响力的大仲马觉得自己受到了背叛，他当天就写信给这位朋友，表达了痛心与不解。第二天，雨果寄来一封短笺，表明他确实知道有这篇文章，但他不需要自证清白。同时，《玛丽·都铎》在四天后上演，惨遭失败。火上浇油的是，从第二场演出开始，阿雷尔便自以为是地撤下了维克多·雨果的情人朱丽叶·德鲁埃（Juliette Drouet），而将原先由她扮演的角色给了伊达·费里埃（Ida Ferrier）——大仲马的新情人。

第五幕。到处都在议论，说格拉涅尔·德·卡萨尼亚克指责大仲马是为了讨好雨果。想要平息流言蜚语的雨果要求大仲马寄一份自己于 11 月 2 日所去信函的复印件，以便能够连同大仲马在此之前的来信一并登报。大仲马照做了，但他还是好意劝说雨果不要那样做。雨果可不管：11 月 14 日，这两封信见报了。效果很糟。三天后，格拉涅尔·德·卡萨尼亚克又在《辩论报》上发表了一篇新文章，对大仲马进行了比前一次更为激烈的指责。

事已至此，这对友人互怀不满，不再讲话，也不再见面。

颇具戏剧性的是，他们和解的契机居然是一次纠纷。六个月后，大仲马因一件与自己作品改编权有关的麻烦事被告上商业法庭。记者们都幸灾乐祸，其中一位记者开了过火的玩笑，导致大仲马要与其决斗。决斗需要证人。除了在《克里斯蒂娜》剧本一事上曾拯救自己于水火的恩人外，他还能求助于谁呢？于是，大仲马央求维尼和雨果。维尼拒绝了,雨果在 1834 年 7 月 5 日收到大仲马的来信后给予了肯定的答复。大仲马的那封信是这样写的:

> 维克多,
>
> 不管我们现在的关系如何,我都希望您不要拒绝我要请您帮的这个忙。我不知道是哪个无赖对我进行了人身攻击[……]明天七点,我在家等您[……]而且,如您所见,这或许也是让我们重新握手言和的一种方式——说到底这也是我所希望的。
>
> 亚历克斯·仲马①

他们如约见面。大仲马受了擦伤,重拾了荣誉,也与友人重归于好。

*

1837 年 5 月 30 日,国王路易-菲利普(Louis-Philippe)邀请的来宾在凡尔赛宫的大厅里相谈甚欢。这里正在举行国王长子奥尔良公爵和梅克伦堡-什未林的海伦公主(Hélène de Mecklembourg-Schwerin)的盛大婚礼。金碧辉煌的装饰和巨大的镜面将君权荣耀展现无遗。某个角落里,两个身穿制服的国民自卫军正与一位身

---

① 克洛德·绍普,《至死不渝的友谊:维克多·雨果—亚历山大·仲马通信集》,同前引书,第 62 页。

材矮小的男士交谈。这位男士看上去有些奇怪,那不合身的衣服好像根本不是他自己的。这个人就是巴尔扎克,他为了这个场合专门借了一身侯爵的行头。那两个自卫军,一个高大开朗,一个若有所思,很容易被认出是大仲马和雨果。他们因为此前来不及准备,只得穿上这身昔日曾短暂披过的戎装(肩章、军服上衣和皮带)。

这两位战友差点儿没能参加成这次招待会。

起因是荣誉军团勋章。路易-菲利普打算借王子大婚之机多行提拔之举,以犒劳亲信并进一步巩固权力。大仲马原本在呈递给国王的提名名单上,但国王认为大仲马过于偏向共和[①],断然拒绝为其授勋。面对这样的屈辱,大仲马愤然决定不出席凡尔赛宫的招待会,但问题是他和友人雨果都已经收到了邀请。这好办:维克多·雨果也不去了。雨果致函奥尔良公爵,告知其原因:为和同伴行动一致,他决定放弃前往。

一想到两位著名文豪将双双缺席,奥尔良公爵深感遗憾,毕竟这次活动对七月王朝这一新王朝而言,应该是一次国家团结盛典。于是,他说服父亲为大仲马授予这项殊荣,随后亲自告知作家本人。雨果以一己之力,帮助大仲马获得了这一期待已久的、象征着社会承认的荣誉。[②]

---

① 西尔万·莱达(Sylvain Ledda),《亚历山大·仲马》(*Alexandre Dumas*),"传记丛书"(Folio biographies),伽利玛出版社,巴黎,2014年,第196页。
② 克洛德·绍普,《至死不渝的友谊:维克多·雨果—亚历山大·仲马通信集》,同前引书,第76—79页。

此后，在相伴走过的漫漫文学路上，他们一直相互帮助、相互依赖。雨果出版新诗集，大仲马会在报纸上盛赞他为"伟大的诗人"和"深刻的思想者"①；后来，大仲马成为那个仅仅存在了数年的历史剧院(Théâtre-Historique)的掌门人，他精心安排重新上演《玛丽·都铎》和《吕克莱斯·波基亚》(Lucrèce Borgia)。雨果和大仲马时常并肩出席悼念逝者的正式场合，比如 1850 年巴尔扎克的下葬仪式。不过，他们的情谊还是在私生活中体现得更加淋漓尽致。

1838 年 8 月，雨果给刚刚经历丧母之痛的大仲马寄去一封短笺，提到了早年的那场纠纷："我本想在一个不这么悲伤的场合紧握您的手。您明天与我第一次目光对视时就会明白，您曾经对我的怀疑真是错怪我了。"②昔日的纷争当然早已被淡忘，尤其是，他们从 30 年代末开始渐渐远离戏剧，也越来越少被人拿来进行文学上的比较。诗人雨果和小说家大仲马，每个人都投身到各自选择的不同领域之中。他们也终于可以相互表达欣赏，不再受文人之间难以避免的竞争之扰。

关于这一点，有一个让人津津乐道的故事。1840 年，大仲马给刚满十六岁的儿子写了一封长信，这封信让人联想到高康大写给庞大固埃的信。身为父亲的大仲马制定了一整套学习计划：希腊

① 引自大仲马发表于《内心的声音》(Les Voix intérieures)的文章，同上，第 80 页。
② 同上，第 99 页(1838 年 8 月 2 日)。

文、德文、英文、意大利文，以及最重要的，学习法国文学史上的美文美篇。先是莫里哀，还有雨果和大仲马这对组合！"熟记《艾那尼》中查理五世的独白；《国王取乐》(*Le Roi s'amuse*)中圣瓦利耶(Saint-Vallier)的话；特里布莱(Triboulet)在第五幕中的独白；安日洛(Angelo)关于威尼斯的那段话；《玛丽蓉·黛罗美》中南吉斯(Nangis)对路易十三讲的话——至于我，你也可以学学《卡里古拉》(*Caligula*)中对斯特拉(Stella)的叙述，还有雅各布(Yacoub)猎狮的段落，以及发生在伯爵、查理七世和阿涅丝·索雷尔(Agnès Sorel)之间的整个第三幕。"①

*

大仲马从未质疑过雨果的诗才，但雨果的小说却令大仲马甚为费解。1862 年，读了《悲惨世界》的大仲马困惑不已：友人的创作手法与自己是如此迥异。雨果那精雕细琢的文风，让大仲马觉得"像是用锋利石块铺就的城市道路，走在上面即使隔着靴底都感觉得到"②。这"令人眼花缭乱的文笔"让他感到不适，他对儿子坦承："你知道我有多爱雨果的才华，所以会认为我是怀着某种恶意在批评他那部被大家称为名作的作品。不，相反，当我说《悲惨世界》是一部了无生趣、构思不巧、呈现欠佳的作品时，我的内心也十分

<hr>

① 引自克洛德·绍普《至死不渝的友谊：维克多·雨果—亚历山大·仲马通信集》，同前引书，第 347—348 页。
② 大仲马写给儿子的信，1862 年 7 月，同上，第 181 页。

难过。"①

对维克多·雨果而言，友人的那些历史小说与其说是完全意义上的文学作品，不如说是将历史进行通俗化描写的壮举。大仲马喜欢讲故事，而雨果对此十分抵触，他一心想写出一部饱含作者哲学思考的思想小说。总之，在大仲马的作品中，没有雨果珍视的"深奥"，"没有神秘、没有暗处、没有晦涩、没有晕眩；丝毫不像但丁，全是伏尔泰和莫里哀，处处是光芒，处处是正午，处处透着光明"。②这是在说，雨果认为自己的作品别有一番深度，完全不同于友人大仲马的作品。

＊

1851 年 12 月 2 日。路易-拿破仑·波拿巴这位王子在担任总统三年后，推翻了第二共和国。时任国民议会巴黎议员的雨果随即成为反抗的代表人物之一，他发表公众演说，呼吁人们起来战斗。尸横遍野的街巷让穿梭于其间的雨果惊恐万状。很快，有人重金悬赏雨果的头颅——这一消息是大仲马最先告诉雨果的。③12 月 11 日，别无选择之下，雨果只得用假身份离开巴黎。第二天，

---

① 克洛德·绍普，《至死不渝的友谊：维克多·雨果—亚历山大·仲马通信集》，同前引书，第 181 页。

② 雨果致小仲马的信，1872 年，引自克洛德·绍普《仲马词典》(Dictionnaire Dumas)，法国国家科学研究中心出版社，巴黎，2010 年，第 278 页。

③ 让-马克·奥瓦斯，《维克多·雨果》，法亚尔出版社，巴黎，2001 年，第 I 部，第 1147 页。

他避难至布鲁塞尔,而比他提前一天到达比利时的大仲马正在等候着他——大仲马虽是为躲避波拿巴手下的警察,但似乎更有可能是为了躲避债主。

一段持续数月、亲密无间的时光就此开启。家住滑铁卢大道73号的大仲马将自家大门向所有法国流亡者敞开,而雨果也竭尽所能,对他们慷慨相助。两人每次见面,都会一同创作。雨果致力于创作一篇揭露政变的抨击文章《拿破仑小人》(*Napoléon le Petit*),而他的朋友大仲马则埋头于自己的回忆录,其中关于维克多·雨果的章节,甚至是按照维克多·雨果的口授来写的!

1852年夏,雨果不得不离开布鲁塞尔。《拿破仑小人》的发表激怒了法国当局,雨果再也无法继续得到庇护,于是他先到了安特卫普,打算从这里启程前往伦敦。8月1日,临行当天,城中的民主人士为雨果举行了一场送行宴。大仲马也专程赶来。他穿的那件白色马甲甚至比他与生俱来的热情还要引人注目。快到下午三时,倾盆大雨中,宾客们列队将维克多·雨果送至码头,目送他登上"雷文斯本"号(Ravensbourne)。

前来送行的人很多,让人想起当年民众在罗什福尔港送别拿破仑的场景。妇女们挥舞着手帕,男人们高声呼喊:

维克多·雨果万岁!

诗人回应道:

共和国万岁！

　　雨势丝毫未减，呼喊声此起彼伏。该启程了！雨果曾动情地回忆起这一幕："直到最后一刻，亚历山大·仲马都还欢乐而热情，他想最后一个与我拥抱告别。"①

*

　　雨果将这段经历写成了《致亚历山大·D.》（À Alexandre D.）一诗，收录在 1856 年出版的《静观集》（Les Contemplations）中。这是雨果对大仲马的致敬，因为后者此前恰好将自己的新剧作《良心》（La Conscience）公开献给雨果，将之作为"一段在流亡岁月中经受住了考验，甚至（我希望）至死方休的友谊的证明"②。雨果对于自己被暗喻为"时代良心"一事感到自豪。他在诗作中描绘了与这位心心相印（却文风迥异）的挚友在安特卫普惜别的动人场景：

　　　　客船点火，我登上船前的高高甲板，

　　　　叶轮转动，劈风斩浪，我们彼此呼喊，

　　　　相互告别，于是微风吹动，浪花翻滚，

---

① 雨果致阿黛尔·雨果的信，1852 年 8 月 2 日，引自克洛德·绍普的《亚历山大·仲马》，同前引书，第 460 页。

② 献词引自克洛德·绍普《至死不渝的友谊》，同前引书，第 146 页。

码头上站的是你，甲板上站的是我，

两把诗琴在颤动，声声应和，

我们凝望对视，仿佛灵魂在交流，

直到最后还能看得见的时候；

大船飞快地离去，大陆变得越来越小；

你我之间，地平线延伸，而万物烟消；

海雾茫茫，把一望无际的波涛遮掩；

你重返你的作品中，它们灿烂、无数、

众多、奇妙、愉悦，日光在此孕育，

而我则堕入夜幕的无尽阴森之中。①

    大仲马读了这首诗的校样后相当高兴，甚至请维克多·雨果把这些诗句写在一张大纸上，好让他装裱起来，放在他的两幅肖像画中间："您整个人就在我眼前。"②流亡让诗人雨果拥有了无可争议的高大形象，对于众多仰慕者而言是如此，对于大仲马而言更是如此。

    1853 年，大仲马回到法国。自那以后，他抓住一切机会向雨果展现友情和支持。只要有可能，他就会让雨果的名字出现在他筹办的《火枪手》(*Le Mousquetaire*)或《基督山》(*Le Monte-Cristo*)等

---

① 雨果，《静观集》，伽利玛出版社，巴黎，1973 年，第 271—272 页。
    （此诗大体采用程曾厚译本。——译注）
② 引自信函，见克洛德·绍普《亚历山大·仲马》，同前引书，第 461 页。

报纸上。1855 年，大仲马因为在一封公开信中写到自己"身在巴黎，但心在布鲁塞尔和泽西岛"①而被王室检察官传唤。他甚至敢将《惩罚集》(Les Châtiments)赠予专制君主的堂妹玛蒂尔德公主和堂弟拿破仑王子!②《良心》的公开献词也是出于同样的政治魄力，因为彼时确实需要这样的勇气，才敢公然叫板拿破仑三世。

然而，大仲马最意味深远的一次表达无关文学，而是一次象征之举——他毕竟是一位戏剧大师。1855 年 1 月底，大仲马听闻老友内瓦尔(Nerval)离奇自杀的消息后万分悲痛。除了深知内瓦尔其人及其内心伤痛的老相识外，谁还会为他抬棺、将他下葬? 大仲马在，但维克多·雨果呢? 大仲马建议，在抬棺队伍中为雨果空出一个位置。当天，他写下了这些文字："您明白我利用一切机会反对您的缺席。明天，您将与我们同行。当我想念您的时候，我觉得我爱您甚于我仰慕您。当我阅读您作品的时候，我觉得我仰慕您甚于我爱您。不过请相信，时时刻刻，分分秒秒，我都爱您如友，敬您如师。"③

*

他们的通信确实愈发激情洋溢了。

这对隔海相望的朋友互相赞美，互表友谊，甚至感性地互诉衷

---

① 引自克洛德·绍普《至死不渝的友谊》，同前引书，第 152 页。

② 克洛德·绍普，《亚历山大·仲马》，同前引书，第 475 页。

③ 克洛德·绍普，《至死不渝的友谊》，同上，第 150 页(1855 年 1 月 29 日)。

肠,通信的笔调也发生了变化。1855 年夏,大仲马致雨果:"我向您保证,等哪天工作的铁镣从我脚上移开,我就从这儿一下跳到海洋露台①去。我发誓,就算再得宠的情人,也没有被人如此全心、深情地想念过。"②1856 年 1 月 22 日,雨果致大仲马:"我从我这颗风浪喧嚣之心的深处为您喝彩。您的响动,已全入我耳。我时常打断自己的遐想,大声呼喊:好样的,海洋! 好样的,仲马!"③虽然雨果已表现出前所未有的"雨果式含蓄",大仲马却丝毫没有注意到这样细微的差别。《静观集》的出版又激发了他新的热情:"我尊您为王。我像弟弟一样拥抱您,感谢您在那里如此伟大,而我们在这里如此渺小。"④

不可否认,他们在卖弄文笔。为了营造戏剧感? 出于从历史角度写作的意识? 还是为了表现一种共和博爱的政治意愿,作为对拿破仑三世的挑战? 或许,雨果和大仲马都还想证明,他们虽年岁渐长,历经流亡和沧桑,但依然存在。

*

1857 年 4 月 4 日,根西岛码头。搭载着亚历山大·仲马的船即将靠岸。这可是个大事件:大仲马是众多文豪中唯一一个为看

---

① 海洋露台(Marine-Terrace)是雨果在泽西岛住所的名字。
② 克洛德·绍普,《至死不渝的友谊》,同前引书,第 151 页(1855 年夏)。
③ 同上,第 155 页(1856 年 1 月 22 日)。
④ 同上,第 161 页(1856 年 4 月 24 日)。

望流亡者雨果而长途跋涉至此的人。

　　大仲马是直接从伦敦赶来的。身为《新闻报》(*La Presse*)记者的他不久前刚去过那里。他已经五年没见维克多·雨果了。雨果来了。他们随即拥抱在一起，在场者欢呼不断。安特卫普码头的场景再次上演。高城居当时正在装修，大仲马被安排在其中一个房间。他们谈着，逛着。大仲马甚至还享受到了一项尊贵的特权：他在雨果的忠实情人朱丽叶·德鲁埃的家中受到款待。雨果的夫人阿黛尔·雨果对丈夫把情人安置在自家隔壁一事睁一只眼闭一只眼。

　　匆匆一面后，大仲马于 4 月 6 日返回伦敦。雨果热情地表达了对大仲马的谢意。他写道，这次来访"突然打开了一扇朝向法国的窗户，空气和阳光迎面而来"[①]。

＊

　　"我亲爱的维克多，您写给小儿的信昨日已收悉，深表感谢。回顾过去三十五年人生路，我们的友情毫无裂隙，我们的内心毫无阴云。我责怪自己已有两三年没有写信给您，没有告知您我有多么爱您——这份自责让我整夜难安。我写信给您没有其他目的，只是想重新搭建我们心与心之间这条永不生锈、永不疲软的电线——想要毁坏它，可是人力所不能及之事。因此，我只想告诉您

[①] 雨果致保罗·默里斯(Paul Meurice)的信，引自克洛德·绍普《亚历山大·仲马》，同前引书，第 494 页。

一件事：至爱是您，直到永远。"（大仲马致雨果，1865 年 1 月
23 日）①

*

1870 年 9 月 4 日，法兰西第三共和国宣告成立。次日 21 时，
结束了十九年流亡生涯的维克多·雨果，从停靠在巴黎北站的一
节列车车厢中走出。面对前来接站的欢呼雀跃的巴黎群众，雨果
在一间咖啡馆的露台发表了讲话，传递希望与新生之音。

亚历山大·仲马并不在场。他的健康状况急转直下，从 8
月末起被迫卧床休息。大仲马在亲属的陪伴下，在其子位于诺
曼底的家中度过了人生的最后几个月。那时的他已经反应迟
钝，清醒的时间屈指可数。他于 1870 年 12 月 5 日逝世。遗骨
被暂时安置在诺曼底的一座公墓，后在 1872 年 4 月 14 日被移至
维莱-科特雷（Villers-Cotterêts）的家族墓地，正式的葬礼也在那时
举行。

雨果虽未出席，却精心书写了一封致小仲马的长信。这封信
在不久后见报："您的父亲和我，我们一起年轻过。我爱他，他爱
我。[……]今天，我无法送他最后一程。但他与我灵魂相通。几
天后，或许很快，我就能去做我如今没能做成的事了：我会独自一
人前往他安然长眠之处。他曾在我流亡时前来探访，我也将去他

① 克洛德·绍普，《至死不渝的友谊》，同前引书，第 184—185 页。

的墓地回访。"①

维克多·雨果最后到底有没有信守诺言已经不重要了,亚历山大·仲马于 2002 年被移入先贤祠后,那份承诺已间接得到兑现。

---

① 雨果于 1872 年致小仲马的信,引自克洛德·绍普《仲马词典》,同前引书,第 278 页。

4

俄 式 棋 局

1855 年 11 月 19 日，圣彼得堡，阿尼奇科夫桥附近。临近正午，仆人告诉伊凡·屠格涅夫，一位名叫托尔斯泰的伯爵早晨来找过他，听闻屋主不在，那人便允诺晚些时候再来，还不忘留下自己的住址。屠格涅夫决定马上去找他。

　　就在屠格涅夫准备出门的时候，那位访客又来了。他面容严肃，举止有些笨拙。托尔斯泰有着和他身份相符的气质：这位二十七岁的年轻战士，刚从数月前结束的残酷的塞瓦斯托波尔围城战的战场归来。在他对面，是比他还要高大，甚至还要壮实的屠格涅夫，衣着讲究，略施古龙香水①，俊朗的面庞上胡须浓密，长发也已开始变白。他额头高挺，鼻梁耸立，眉骨突出，眼窝深陷，眼神中满是和善——三十八岁的屠格涅夫，热情地走向眼前这位后辈。

　　虽然他们此前的交情仅限于几次通信，但二人初次接触便真

---

① 路易丝·埃里特·德·拉图尔（Louise Héritte de La Tour），《音乐世家：逸闻回忆录》（*Une famille de grands musiciens，notes et souvenirs anecdotiques*），德拉曼（Delamain）出版社，巴黎，1923 年，第 130 页。

情流露:他们你贴着我、我贴着你,"热切"①相拥。托尔斯泰刚刚来到这座城市,当屠格涅夫带着"慈父般的"②关爱,请托尔斯泰留宿,并提出将他引入首都文学圈的建议时,托尔斯泰欣然接受了。二人立刻前往曾出版他们作品的杂志主编涅克拉索夫(Nekrasov)家,在那里共进午餐,然后下了一下午国际象棋。屠格涅夫赢了两局,托尔斯泰只赢了一局,但他觉得自己只是"运气不佳",还打算日后一雪前耻——他在给他的妹妹和知己玛丽亚·托尔斯泰的信中如是说。

*

两位作家想要见上一面的愿望由来已久。熟读屠格涅夫作品的托尔斯泰,极为欣赏他的《猎人笔记》(1852年)。另一边,大师屠格涅夫则对托尔斯泰于1852年发表在涅克拉索夫所主持的杂志上的作品《童年》印象深刻,并且感念于对方不久前将短篇小说《伐林》题献给自己一事。

不仅如此,还有玛丽亚·托尔斯泰。这位年轻女士的丈夫的宅邸位于莫斯科以南约三百公里外的奥廖尔(Oryol)省的斯巴斯

---

① 托尔斯泰写给妹妹的信,1855年11月20日,引自托尔斯泰《书信集》(Lettres),第Ⅰ卷,B.杜克雷(B. Du Crest)译,伽利玛出版社,巴黎,1986年,第70页。

② 屠格涅夫致安年科夫的信,引自亨利·特鲁瓦亚(Henri Troyat)《托尔斯泰》,法亚尔出版社,巴黎,1965年,第157页。

科耶(Spasskoye)附近,巧的是,斯巴斯科耶正是屠格涅夫的家族领地。

屠格涅夫喜欢四处留情,内心之火一触即燃。1854 年秋,他曾到自己的这位邻居、未来好友的妹妹家串门,兴奋不已的他后来甚至还多次拜访。而二十三岁、婚姻不幸的玛丽亚,在面对这位风度翩翩、优雅体贴的男伴时,也并非无动于衷。

他们的关系似乎并未越轨,而仅仅停留在调风弄月的层面。在拜访玛丽亚这位美丽的邻居或与她通信时,屠格涅夫也总会听她谈起自己的哥哥列夫,而且她对他总是不吝赞美之词,欣赏有加。在这一点上,玛丽亚算多此一举了,因为屠格涅夫是真心对托尔斯泰感兴趣。

另一边,看到自己的妹妹与一位著名作家持续往来,青年作家托尔斯泰非常高兴。1855 年 1 月初,他请玛丽亚替他拥抱屠格涅夫,并告知他自己想和他聊一聊。可以想见,当收到屠格涅夫的亲笔信时,托尔斯泰有多么兴奋。信中,屠格涅夫鼓励托尔斯泰全身心投入文学之中:"您命中注定要成为一位作家,一位思想和语言的艺术家……您的武器,是笔杆而不是军刀。"①

*

托尔斯泰的仰慕,屠格涅夫的善良和无私(慧眼识珠的他已准

---

① 1855 年 10 月 3 日信函,引自亨利·特鲁瓦亚《屠格涅夫》,弗拉马里翁出版社,巴黎,1985 年,第 80 页。

备全力助推托尔斯泰的事业），可以说预示着一份亲密无间的友情。不过，还需要考虑他们的性格差异和观点分歧。

托尔斯泰在屠格涅夫家小住了一段时间，不怎么愉快。士兵做派、不修边幅、丢三落四，以及有失分寸感的讲话方式，托尔斯泰身上的一切都触犯了挑剔讲究的屠格涅夫。看到托尔斯泰在下午躺在自家沙发上睡大觉，屠格涅夫很是不快。至于陪同这位渴望全方位认识生活的年轻人参加他感兴趣的酒会，屠格涅夫并不总是反对，不过争吵倒是家常便饭。很快，托尔斯泰就搬出去了。

应该说，激怒这位朋友似乎是托尔斯泰的一种恶趣味。无论是政治——屠格涅夫对欧洲的同情在托尔斯泰看来是对俄国爱国主义的侮辱——还是文学，什么理由都可以成为他冒犯屠格涅夫的借口。一天晚上，明知屠格涅夫尊崇乔治·桑，托尔斯泰却偏说，这位小说家笔下的所有女主人公都应该被绑上囚车，在圣彼得堡游街示众，以此惩罚她们不知羞耻。屠格涅夫提出异议，托尔斯泰再次大加讽刺，屠格涅夫本就高亢的声音因而变得更加刺耳。毫无疑问，逗弄屠格涅夫让托尔斯泰获得了极大的满足感。屠格涅夫的敦厚和善终究让托尔斯泰恼羞成怒，而他在社交生活中的如鱼得水或许也令托尔斯泰心怀忌妒。

这显然是一种爱恨交织的关系。他们既无法互相容忍，也做不到就此绝交。

一张照片记录下了他们友谊的最初阶段。这张照片拍摄于1856 年 2 月 15 日，并于同年刊载在某期《现代人》（*Contemporain*）

杂志上。① 照片上的那些俄国作家神情严肃。画面中,屠格涅夫稍稍佝偻着坐在前排扶手椅上,脚着皮靴,身穿浅色裤子和深色外套,衣领笔挺,戴着蝴蝶结领花。托尔斯泰就站在他后面,一身戎装,双臂交叠放在胸前,眼睛望向别处。屠格涅夫那下垂的胡须让他看上去有些凶狠,而这正是他想要的效果。

*

5 月 30 日,七点。两小时前从妹妹玛丽亚家骑马离开的托尔斯泰,在穿过一个栽满百年橡树的公园后,来到斯巴斯科耶。

他面前的这处宅邸,是朋友屠格涅夫于 1850 年从母亲那里继承来的。这座建筑外有列柱,还有一段通过楼梯连通的回廊。正中位置上高出一层,配有安装着一圈栏杆的带顶阳台,还可见三角楣饰。右边是饰有柱子的大廊台,那里是会客厅所在的位置。整个建筑给人一种宏大而精巧的感觉,与屠格涅夫精致讲究的气质十分合拍。托尔斯泰写道:"他的住所向我展示了他的出身,也让我恍然大悟。"②

---

① 这张照片名为《俄国作家像。〈现代人〉编辑部》(*Portrait d'écrivains russes. La rédaction du* Contemporain),由列维茨基(Levitsky)拍摄。照片上除托尔斯泰和屠格涅夫外,还有冈察洛夫、格里戈罗维奇(D. V. Grigorovich)、德鲁日宁(A. V. Drujinin)和奥斯特洛夫斯基(A. Ostrovski)。

② 托尔斯泰,《日记与笔记》(*Journaux et carnets*),G. 奥库蒂里耶(G. Aucouturier)译,伽利玛出版社,"七星文库"(Bibliothèque de la Pléiade),巴黎,1979 年,第 I 卷,第 344 页(1856 年 5 月 31 日)。

托尔斯泰在屠格涅夫家没找到他,最终还是屠格涅夫自己出来的。二人吃过午饭后,一起在附近一带散步。这时,他们看到一匹老马正在田野里吃草。托尔斯泰走过去,一边抚摸着马颈,一边高声说着他所认为的这匹马此刻的感受。屠格涅夫洗耳恭听,眼神中流露出赞赏。"我无法做到不听他讲话。他不仅自己进入了那可怜牲口的灵魂,还让我也进去了。我忍不住对他说:'听着,列夫·尼古拉耶维奇,您前世肯定是一匹马!'"① 度过了愉快一天的托尔斯泰,当晚便说自己将来一定会写一部可能叫《一匹马的身世》的作品。几年后,他确实这么做了。

几天后,轮到托尔斯泰兄妹在妹妹家招待屠格涅夫。这段时期,他们一直保持着和睦的关系。6 月 1 日,他们一起去河里游泳。第二天,还在家中四手联弹莫扎特的《唐璜》(*Don Giovanni*)。② 后来还一起划船。

很快,宁静的亲密无间被日益加深的不理解所取代。才过了一个月,托尔斯泰便写道,他对屠格涅夫"非常厌恶"③;另一边的屠格涅夫也向玛丽亚表示无法与她的兄长沟通。

他们在信中得出了一致的结论:虽可互相欣赏,但最好避免彼此靠近。屠格涅夫对托尔斯泰说:"与您保持距离让我更加自在。当我们分开的时候,一种慈父般的感情便会点燃我的内心,我甚至

---

① 托尔斯泰,《日记与笔记》,同前引书,第 344 页(1856 年 5 月 31 日)。
② 同上,第 344 页(1856 年 6 月 2 日)。
③ 同上,第 353 页(1856 年 7 月 8 日)。

会满怀柔情。总之，我爱您。"①

*

几年来，屠格涅夫频繁驻留法国：他不可救药地爱上了女歌唱家波利娜·维亚尔多（Pauline Viardot）。这个已婚女子曾有过几段风流韵事，并最终将屠格涅夫变成了她永恒的追求者。

1856 年至 1857 年的那个冬天，定居巴黎的屠格涅夫的身体十分糟糕，他感到无所适从，因为波利娜有了一个新情人——画家阿里·谢弗（Ary Scheffer）。妒意、对身体状况和祖国动荡的担忧，几乎让屠格涅夫决定彻底返回俄国，不再进行文学创作，也不再奢望幸福。

对他而言，在 1857 年 2 月的一天见到登门拜访的托尔斯泰该是何等乐事！屠格涅夫非常高兴，他觉察到自己的朋友变了，变得更好了，变得文雅且谨慎了：托尔斯泰第一次出国旅行，开始做一些于世界有益的事情。他有着何等的才华！"这支新酒一旦发酵完毕，将成为诸神的玉露琼浆。"②托尔斯泰则没这么宽容，屠格涅夫的抑郁状态让他愤怒。看到屠格涅夫为波利娜白白受苦，托尔

———————————

① 1856 年 11 月的信函，引自亨利·特鲁瓦亚《托尔斯泰》，同前引书，第 177—178 页。
② 屠格涅夫致博特金（Botkine）的信，1857 年 3 月 23 日，引自亨利·特鲁瓦亚《屠格涅夫》，同前引书，第 91 页。

斯泰十分震惊。事实上，屠格涅夫"相当善良也相当脆弱"①，而托尔斯泰瞧不上这个被福楼拜亲切地称为"软梨"②的人的脆弱。后来，在圣彼得堡发生的一切再次重演。

他们几乎每天见面，共进晚餐，促膝长谈。屠格涅夫试图引导托尔斯泰阅读歌德和莎士比亚，引导他欣赏希腊雕塑艺术之美，但成效甚微。近半个世纪后，托尔斯泰坦言："我当时何等痛苦：因为爱屠格涅夫，所以也想爱他所看重的一切。我竭尽全力尝试了，但我完全做不到。"③虽然他们表面上没有发生争执，但心中一直互存不满，只是这不满还未让他们立刻一拍两散罢了。

为远离首都的纷纷扰扰，两个人决定去远足，先去枫丹白露，再去第戎。火车上，他们一起下象棋；到了目的地，他们一起参观教堂，在咖啡馆共度时光、切磋棋艺，然后回到旅馆各自的房间安静地工作。晚上，托尔斯泰会去剧院。接下来的三天，行程完全相同：写作，阅读，几次外出，丰盛的晚餐，谈话。他们互读作品，屠格涅夫对托尔斯泰新完成的一部短篇反应冷淡。他们又一次到了争吵的边缘：托尔斯泰对于这位前辈缺乏锐气和信念感到难过，而屠格涅夫则厌倦得要死。四天后，他们乘车返回，郁郁寡欢。

回到首都后，他们得出了和1856年年底那一次相同的结论。

---

① 托尔斯泰，《日记与笔记》，同前引书，第 410 页(1857 年 2 月 24 日)。
② 福楼拜、托尔斯泰，《通信集》(*Correspondance*)，弗拉马里翁出版社，巴黎，1989 年，第 32 页。
③ 托尔斯泰，《日记与笔记》，同上，第 III 卷，第 144 页(1906 年 3 月 30 日)。

屠格涅夫于3月9日写道:"不,尽管我竭力靠近托尔斯泰,我最后还是放弃了。"①托尔斯泰于3月17日写道:"我已[……]尝试各种办法和他共处,但这根本不可能。"②

但是,当托尔斯泰在4月初突然决定离开巴黎前往瑞士时,即将与友人分别的他还是忍不住潸然泪下。③

*

停驻瑞士后,托尔斯泰又来到巴登-巴登(Baden-Baden),在这座温泉小镇尽情享乐,大肆挥霍精力。后来,他在轮盘赌中输了个精光,又赶上身体抱恙,不得不求助于人。在不远的地方疗养的屠格涅夫急忙赶来,慷慨解囊,帮助身陷困境的友人。④ 托尔斯泰一反常态,变得温柔起来:"屠格涅夫来了。他和我在一起,感觉妙极了。"⑤很快,他就又输光了屠格涅夫刚刚借给他的钱,内心愧疚得很。确实,"瓦尼奇卡(Vanitchka)真善良⑥"! 待了三天的屠格涅夫离开了,托尔斯泰如释重负,再也不用因自己的堕落丢人现眼了。

---

① 屠格涅夫致安年科夫的信,1857年3月9日,引自亨利·特鲁瓦亚《屠格涅夫》,同前引书,第91页。
② 托尔斯泰,《日记与笔记》,同前引书,第Ⅰ卷,第411页(1857年3月5日)。
③ 同上,第414页(1857年4月8日)。
④ 屠格涅夫致特罗贝茨科伊(Trouvetzkoï)公主的信,1857年8月10日,见《屠格涅夫,未曾公开的全新通信集》(*Tourgueniev, nouvelle correspondance inédite*),五洲书屋(Librairie des cinq continents),巴黎,1971年,第323页。
⑤ 托尔斯泰,《日记与笔记》,同上,第Ⅰ卷,第440页(1857年8月1日)。
⑥ 同上,第440页。

好景不长。很快,昵称"瓦尼奇卡"又变回了"屠格涅夫",同先前相比,对他的指责甚至有过之而无不及:屠格涅夫真让人无法忍受!他近期的作品一文不值!比如《阿霞》就是"他写过的最差劲的东西之一"[1]。而且他为什么要围在玛丽亚的身边,玩弄她的感情?[2]

屠格涅夫也忍不下去了。"我已和托尔斯泰一刀两断。他对我而言不再存在了……就好像我喝到一种我觉得很好喝的汤,我就知道并且确信,托尔斯泰肯定会说这汤不好喝,反过来也一样。"[3]

暴风雨眼看就要来临。

*

1861 年 5 月 27 日,清晨。托尔斯泰和屠格涅夫离开斯巴斯科耶,去看望刚置办了一处大庄园的共同好友——诗人费特(Fet)。斯捷潘诺夫卡(Stepanovka)不同于斯巴斯科耶,那里的土地还没升值,不过,诗人这座拥有七个房间外加厨房的木结构房子倒也舒适温馨。费特和他的太太都十分平易近人,很高兴招待相识已久的大文豪,准备陪伴他们度过愉快的一天。虽说屠格涅夫有理由感

---

① 托尔斯泰,《日记与笔记》,同前引书,第 I 卷,第 482 页(1858 年 1 月 19 日)。

② 屠格涅夫于 1859 年结束了和玛丽亚·托尔斯泰的关系,见谢尔盖·托尔斯泰(Serge Tolstoï)的《托尔斯泰和托尔斯泰一家》(Tolstoï et les Tolstoï),埃尔曼(Hermann)出版社,1980 年,第 111—112 页。

③ 屠格涅夫致博特金的信,1859 年 4 月 12 日,引自亨利·特鲁瓦亚《屠格涅夫》,同前引书,第 98 页。

066

到不快（托尔斯泰前一天晚上在屠格涅夫为他朗读新小说《父与子》时睡着了），但他并未表现出来。

大家来到餐厅，围坐在冒着烟的茶炊四周。在谈到该如何行善的问题时，屠格涅夫举了自己的私生女佩拉吉（Pélagie）的例子，那是他十九年前和母亲的一个仆人所育的孩子。这孩子住在巴黎，有一笔可自行施予穷人的钱。尤其是，她会到贫民家中收集他们的破衣裳，亲手缝好后再还回去。听了这话，托尔斯泰不无讽刺地问道：

您认为那样做很好吗？

屠格涅夫斩钉截铁地回答：当然，因为这样，孩子能了解苦难的真相！托尔斯泰对此回以嘲笑。一个出身优越的姑娘为了展示善心而修补脏衣裳，这是在做戏。屠格涅夫怒不可遏：你难道是在说我教坏了女儿？费特试图扯开话题，但是失败了。屠格涅夫突然站起来，对托尔斯泰大喊：

我不允许您那样说，看我不教训您！①

———————————

① 谢尔盖·托尔斯泰，《托尔斯泰和屠格涅夫》（*Tolstoï et Tourgueniev*），《两个世界评论》（*Revue des deux mondes*），1988 年 10 月，第 182 页。在伊萨克·帕夫洛夫斯基（Isaak Pavlovski）的《回忆屠格涅夫》（*Souvenirs sur Tourguéneff*，1887 年，第 20 页）中，屠格涅夫这句话是这样说的："托尔斯泰，给我闭嘴，否则我要对您动用我的叉子了。"

说完，他便离席而去。平静了一会儿之后，他回来向主人道了歉，对着托尔斯泰含糊不清地表达了悔意，随即告辞，返回斯巴斯科耶。

没过多久，托尔斯泰也从费特家离开了。在此之前都表现得十分克制的他，心中突然涌起一股愤怒：屠格涅夫必须为这次的侮辱行为道歉。他中途在一个朋友的庄园里稍作停留，草草地写了一封短笺，要求屠格涅夫以书面的形式赔礼道歉，否则，他就在博戈斯洛沃（Bogoslovo）的驿站等着他，和他来一场真正的决斗。读到这话的屠格涅夫，写了一封和解信，承认了自己的错误，并和托尔斯泰道了永别。

遗憾的是，屠格涅夫把这封信寄到了错误的地址……没收到任何回音、在约定地点也没见到任何人影的托尔斯泰自认受到了轻视，气得发狂。接下来的事情令人哭笑不得。托尔斯泰又写了第二封短笺，要求次日用手枪决斗。屠格涅夫也回信了。两封试图安慰托尔斯泰的信在 5 月 28 日清晨同时送达，但托尔斯泰却回了狠话："您怕我了，我瞧不起您，也不想与您再有任何瓜葛。"①

一切本可到此为止，但屠格涅夫回到巴黎后听说托尔斯泰到处散播对他的侮辱言论，还指责他怯懦，盛怒之下，他又向托尔斯泰提出了决斗的要求。托尔斯泰承认自己这次有些过火，拒绝决

---

① 引自亨利·特鲁瓦亚《屠格涅夫》，同前引书，第 111 页。

斗。不过,当费特好心向他展示屠格涅夫的一封信(可想而知,内容与托尔斯泰有关)时,托尔斯泰并未掩饰他的气愤:那人不过是个"卑贱之人"①,是个"欠揍的下流胚"②。这一次,他们终于决裂,彻底闹掰。

*

1878 年 4 月 6 日。在沉寂了十七年之后③,托尔斯泰给这位亦敌亦友的老相识写了这样一封内容惊人的信:"伊凡·谢尔盖耶维奇,近来在回顾我们的关系时,我又惊奇又高兴。我感觉,我对您已毫无敌意。上帝保佑,希望您有同样的感受![……]您是否愿意与我握手言和,彻底原谅我曾经的一切不是?[……]如果您能够原谅我,我将真诚地向您献出我能够献出的全部友谊。对这个年纪的我而言,善行只有一种,那便是与人友好相处。如果我们之间能够建立起这种关系,我将感到幸福。"④

这是时间的功劳,或许亦是由于托尔斯泰刚刚成了一名狂热

---

① 托尔斯泰,《日记与笔记》,同前引书,第Ⅰ卷,第529页(1861年6月25日)。
② 托尔斯泰致费特的信,见托尔斯泰《书信集》,第169页(1861年12月)。
③ 据了解,屠格涅夫一直挂念着托尔斯泰,见塔季扬娜·利沃夫娜·托尔斯泰娅(Tatiana Lvovna Tolstaïa)的《和列夫·托尔斯泰在一起:回忆录》(*Avec Léon Tolstoï. Souvenirs*),B.杜克雷译,阿尔班·米歇尔(Albin Michel)出版社,巴黎,1975年,第89页。
【此书已有多个中文译本,译名各不相同。最新版本为郭家申译、海燕出版社于2004年出版的苏霍金娜(即塔季扬娜·利沃夫娜·托尔斯泰娅)著的《我的父亲列夫·托尔斯泰》。——译注】
④ 引自亨利·特鲁瓦亚《屠格涅夫》,同前引书,第180页。

的基督徒。自 1861 年以来，很多事情确实发生了变化。托尔斯泰结婚了，和妻子索菲亚·别尔斯（Sophie Behrs）育有多名子女，居住在位于亚斯纳亚·波利亚纳（Yasnaya Polyana）的家族领地。最重要的是，《战争与和平》（1869 年）和《安娜·卡列尼娜》（1873 年）让托尔斯泰成了一位伟大的作家——这也是屠格涅夫早在与托尔斯泰相识之初便预见到的。

屠格涅夫深深感动于这位后辈的举动，热情洋溢地回复："我十分乐意与您重修旧好，我紧握您伸向我的手。"①

*

三个月后，一群孩子见到了一个颇为稀奇的场面。两个已经上年纪的人，一个五十多岁，另一个六十多岁，对坐在架于支柱之上的一块长板两端，轮流蹬地跳起，"他们的胡子和银色卷发在风中飘扬"②。没错，这些孩子不是在做梦：两位俄国文学巨擘在玩跷跷板。

屠格涅夫和托尔斯泰的见面十分愉快。1878 年 8 月 8 日，这是一个值得纪念的日子，因为这一天见证了他们的和解。在亚斯纳亚·波利亚纳，托尔斯泰家的一切都让屠格涅夫好奇③：他的天

---

① 引自信函，见亨利·特鲁瓦亚《屠格涅夫》，同前引书，第 180 页（1878 年 5 月）。
② 谢尔盖·托尔斯泰，《托尔斯泰和屠格涅夫》，同前引书，第 183 页。
③ 索菲亚·托尔斯泰，《我的一生》（*Ma Vie*），沙洲出版社（Syrtes），日内瓦，2010 年，第 337 页。

鹅绒马甲、真丝衬衫、开司米领带、金表，以及让来宾叹为观止的鼻烟盒。时光恍若回到了托尔斯泰在斯巴斯科耶初登屠格涅夫家家门的时候：热烈探讨关于普希金的话题，切磋棋艺，散步。托尔斯泰向朋友介绍了自己的两头驴——麦克马洪（Mac Mahon）和俾斯麦（Bismarck）。夜幕降临，当然要共进晚餐。健谈的屠格涅夫大显身手，讲述了他在维亚尔多家族位于布吉瓦尔（Bougival）的宅邸驻留的经历，还谈到了他那只名叫"飞马"的狗、他喜欢的一幅画、巴黎人的缺点，以及和法国作家（特别是与他十分亲近的福楼拜）的来往。屠格涅夫真是风趣又迷人。

不过，他们之间的矛盾并未消失不见，远远没有。屠格涅夫不理解托尔斯泰为何不再专心创作，而是全身心投入了哲学和宗教思辨；他不明白作家为何要陷于这样的伦理义务之中。另一边，托尔斯泰则发现屠格涅夫非常浮浅。在一次午宴上，屠格涅夫发现在座的有十三位宾客，就逗趣地说："怕死的人举手！"然后自己立刻举起手。围坐在桌边的人都保持沉默，十分尴尬：按理说，虔诚的基督徒是不该怕死的……但在亚斯纳亚·波利亚纳，比上帝更让人畏惧的，是扮演了上帝角色、永远正确的托尔斯泰本人。看到这一情况，屠格涅夫说道："似乎我是唯一一个！"最后，托尔斯泰纯粹出于礼貌，举起手低声说："我也怕，我也不想死！"[①]此举成功缓和了气氛，也带来了显著成果：屠格涅夫对这次在托尔斯泰家的停

① 亨利·特鲁瓦亚，《屠格涅夫》，同前引书，第182页。

留十分满意,坚信年龄的增长让他们不再剑拔弩张。

　　事实是,虽然每次见面都会增加两位作家那孩子气十足的争吵的概率,但他们对彼此的情感却再也不见往昔的动荡不安之态。屠格涅夫多次回到亚斯纳亚·波利亚纳,在那里,这位懂得品味生活的人可以尽情享受各种乐趣,可以打猎,可以品尝美食,比如只有俄国厨子才会做的粗面粉小茴香汤、大米鸡肉馅饼以及荞麦粥。① 屠格涅夫将托尔斯泰视为这一时代最伟大的作家,对于托尔斯泰的作品,他不再发表长篇赞美之词,而是竭力促成其在法国的广泛发行。他建议托尔斯泰翻译《哥萨克》(*Les Cosaques*),而后又从中斡旋,使《战争与和平》的首个译本大获成功——他在最初得知这一消息时曾略显迟疑,但随后给予了这部作品毫无保留的赞赏。当收到福楼拜寄来的一封满是赞美之词的信函后,他小心翼翼地誊抄了一遍,将其交给托尔斯泰,以此表达文学战友之情。

　　虽然托尔斯泰并非总是领屠格涅夫的情,但二人的关系确实平和了许多。屠格涅夫甚至希望在他死后,由遗产继承人们将其视若珍宝的一个金指环交给托尔斯泰,因为后者是唯一一个值得托付的人。这个指环被屠格涅夫戴在小指上,此前曾属于伟大诗人普希金。②

　　遗憾的是,死神正朝屠格涅夫快步走来。

---

① 亨利·特鲁瓦亚,《屠格涅夫》,同前引书,第 307 页。
② 谢尔盖·托尔斯泰,《托尔斯泰和屠格涅夫》,同前引书,第 185 页。

*

1882 年初，屠格涅夫病倒了。彼时，他和他的医生都还不知道他已患上脊髓癌。

1881 年 8 月 22 日，索菲亚·托尔斯泰的生日宴会。这是托尔斯泰与老友的最后一次见面。真是一个难忘的夜晚：受邀讲述自己人生中最幸福时刻的屠格涅夫，仅用摄人心魄的三言两语，便生动再现了得知他深爱的女人也爱着他的那一天。后来，他还向家里的小孩子们展示了巴黎的康康舞。只见他把双手放在马甲下，"双腿跳出滑稽的舞步"①。当晚，一向诸多抱怨的托尔斯泰在日记中写道："屠格涅夫跳康康。伤心。"②

等待托尔斯泰的还有另一件伤心事：屠格涅夫把自己的病情告知于他。心绪难平的托尔斯泰依然是那么直白："您生病的消息让我异常痛苦，特别是当我得知这确系一种严重疾病后。我终于明白我有多爱您。我感到，如果您比我先离开，我将陷入无尽悲痛。"③而这时的屠格涅夫尚抱有期待，他还试图安慰老友，并再次鼓励他告别抽象思考，去创作新的小说。

这也是屠格涅夫于 1883 年 5 月 12 日最后一次写给亚斯纳亚·波利亚纳庄园主人的那封信的主题。那时，他几乎已动弹不

① 索菲亚·托尔斯泰，《我的一生》，同前引书，第 338 页。
② 托尔斯泰，《日记与笔记》，同前引书，第 I 卷，第 764 页（1881 年 8 月 22 日）。
③ 信函，引自亨利·特鲁瓦亚《屠格涅夫》，同前引书，第 216 页（1882 年 3 月）。

得，只要稍稍一动，就会疼痛难忍。他只得待在布吉瓦尔那个木屋的二楼，身旁围满了照顾他的人，当然也少不了波利娜·维亚尔多。屠格涅夫正是在这种情况下，用铅笔写下了这封他甚至无力签名的、读来令人心碎的短笺："我亲爱的好列夫·尼古拉耶维奇，我很长时间没给您写信了，因为老实说，我至今一直待在我的死亡之榻上。我的病治不好了，想都不用想。我给您写信主要是为了告诉您，我很高兴自己能够成为与您同时代的人，并且向您传达我最后也是最真诚的请求。我的朋友，回到文学事业上来吧！[……]我的朋友，俄国大地的伟大作家①，请听允我的恳求。请告知我您是否收到这封短笺。让我再一次紧紧拥抱您、您的妻子以及所有家人。我写不下去了，我累了。"②

1883 年 8 月 22 日，屠格涅夫去世后不久，托尔斯泰向妻子吐露了心声："我不停地想念屠格涅夫，我非常爱他，替他感到惋惜，也阅读他的作品。我一直和他生活在一起。"③

托尔斯泰虽害怕出席正式场合，但依然打算在莫斯科俄国文学之友委员会举行的仪式上，发表纪念屠格涅夫的演说。这个想

---

① 这一说法注定会流行。1892 年 9 月，托尔斯泰在六十四岁生日时收到大量信息、卡片和电报，人们争先恐后地引用屠格涅夫的这一表达。对此，性情易怒的托尔斯泰从心底里是拒斥的：这些喝彩到底是不是发自内心的？"屠格涅夫到底为什么公开说了那么一个词！"（引自托尔斯泰《日记与笔记》，同前引书，第 II 卷，第 1005 页。）

② 信函，引自亨利·特鲁瓦亚《屠格涅夫》，同前引书，第 233—234 页（1883 年 5 月 12 日）。

③ 谢尔盖·托尔斯泰，《托尔斯泰和屠格涅夫》，同前引书，第 187 页。

法未能如愿,但几年后,他将向屠格涅夫致以远比悼词更好的纪念:随着《伊凡·伊里奇之死》(1899 年)和《复活》①(1899 年)的出版,托尔斯泰重新投入文学创作,实现了友人的遗愿。

---

① 女主人公卡秋莎是屠格涅夫的忠实读者。

5

温情与冷鸡

1866 年 2 月 12 日。在巴黎圣日耳曼德普雷（Saint-Germain-des-Prés）一带的玛尼餐厅（restaurant Magny），泰奥菲尔·戈蒂耶、龚古尔兄弟、圣伯夫和福楼拜围坐一桌。这已是他们多年的习惯：每个月有两个周一，他们都会在这里整晚聚会，结交朋友，探讨文学。他们一起抽烟、大笑，碰撞思想，有时也会为了好玩而说一些不着边际的话。

　　那晚，他们有一位特殊的宾客：一个女人。

　　她远非无名小卒，六十一岁的乔治·桑可是当时的文坛名家之一。1832 年，小试牛刀之作《安蒂亚娜》（*Indiana*）让她一举成名。此后，她还出版了五十多部小说，写过数部戏剧以及回忆录。她的感情生活，她与缪塞和肖邦的艳事也已成传奇。

　　紧挨着她坐的，是四十四岁的福楼拜。她对他不太熟悉（二人自 1857 年以来只见过两三次面），但对《包法利夫人》和《萨朗波》（*Salammbô*）欣赏有加，还曾为这两部作品写过颂扬文章。

　　晚餐开始。不爱说话的乔治·桑不言不语，听着、观察着——

这是她的习惯。虽然她"飘忽的眼神"[①]让人捉摸不透,但她的注意力却高度集中。同桌来宾的妙语连珠让她惊叹。不过,这样的餐桌气氛(丝毫不同于随着她的年岁增长而让她越发喜欢的那种温和愉悦的气氛),却让自认不善谈话之道的乔治·桑变得更加腼腆。所有人似乎都自知有才且自满于此,而她则不知如何是好。

所有人……除了身材高大、蓄着下垂胡须的维京人后裔福楼拜。乔治·桑转向福楼拜,俯身低声说道:"这里只有您不让我感到尴尬。"[②]

回到家后,她在记事本上写下:"福楼拜很热情,比别人对我更和善。至于为什么? 我还不知道。"[③]

她不知道的事情还有,这份"一见钟情"的友谊,在友情大多表现为男性间兄弟情谊的文坛,开启了文学史上一段最不寻常的相伴的故事。

＊

然而,他们的一切似乎都是对立的:这一边的女人,她奔放外

① 埃德蒙·德·龚古尔(Edmond de Goncourt)与茹尔·德·龚古尔(Jules de Goncourt),《日记》(*Journal*),罗贝尔·拉丰出版社,巴黎,"旧书丛书",1989年,第 II 卷,第 8 页。
② 同上,第 8 页。
③ 居斯塔夫·福楼拜、乔治·桑,《通信集》(*Correspondance*),弗拉马里翁出版社,巴黎,1981 年,第 59 页。

露,情感丰沛,立场鲜明,是个十足的乐观主义者,支持某种能够为读者带来安慰并同时为其指明美德与进步之道的"有用的艺术";另一边则是一个颇为犬儒的男人,他用怒吼或大笑隐藏内心的裂痕,唯恐失了矜持,捍卫某种不向时代妥协的纯粹的艺术,说到底是个无可救药的悲观主义者,常陷于深沉的忧郁之中,只有发奋创作才能让他得到解脱。

但福楼拜不仅仅是大家所形容的那个爱抱怨的、愤世嫉俗的人。他曾在年轻时真诚且狂热地阅读并推崇乔治·桑的小说;后来人们常常猜测,《魔沼》(*La Mare au diable*)或《小法岱特》(*La Petite Fadette*)中的乡村情侣让他深受感动,只是他自己不愿意全部承认罢了。用左拉的话说,福楼拜终究是一个"执迷不悟的浪漫主义者"[1]。

而乔治·桑呢,她绝对不是一个思想幼稚、酷爱说教的老女人。人们总不怀好意地将她比作一头母牛,嘲笑她对乡村生活的眷恋、她轻巧的文笔以及略显沉闷的外表。福楼拜那些粗俗的玩笑、粗野的举止以及他的厌世气质,都不足以把乔治·桑吓跑。在她写给福楼拜的信中,我们看到的分明是一个快乐、狡黠,甚至爱开玩笑的乔治·桑:比如她曾为了好玩,用开玩笑的口吻写了一封信给"福娄败先生",批评他"没有较养":"要是让我预上您[⋯⋯],

---

[1] 左拉,《自然主义小说家》(*Les romanciers naturalistes*,1881 年),见《全集》(*Œuvres complètes*),宝书社(Cercle du livre précieux),巴黎,1968 年,第 11 卷,第 135 页。

您的敛一锭会吃我一记权头。"①

*

1866 年 8 月 22 日,乔治·桑写信告知福楼拜,她即将前来拜访。她计划到迪耶普看望小仲马,然后在回程途中经停鲁昂。福楼拜立刻回复道:房间已备好。8 月 28 日 13 时左右,乔治·桑走下火车,福楼拜已恭候在那里。他带她参观了鲁昂的名胜(她对此非常喜欢),随后把她接回了自己的家——克鲁瓦塞(Croisset)庄园。

克鲁瓦塞原为塞纳河畔的一座庄园,但如今仅存一幢小楼。尽管看起来很朴素,但其内部十分舒适。乔治·桑在这里感到"舒适自在"②。不散步、不打牌的日子,两位作家就窝在福楼拜的工作间里。工作间十分漂亮,巨大的窗子配上擦光印花布窗帘,书柜饰有螺旋柱,墙上挂着充满异域风情的纪念品,还有一张盖着绿色毯子的圆桌。他们在这儿一直聊到很晚,尤其探讨了《圣安东尼的诱惑》——福楼拜大段大段地为乔治·桑朗读这部作品。

三天后,她要走了。福楼拜将她送至码头,也终于信服了眼前这个人:原以为对方是个"女学究"的他,已学会了解并欣赏这位简简单单、毫不做作的女人,并向她敞开心扉。乔治·桑在自己的记

---

① 《通信集》,同前引书,第 61 页(1866 年 5 月 9 日)

(乔治·桑故意拼错了不少单词。——译注)。

② 乔治·桑的记事本,出处同上,第 71 页(1866 年 8 月 28 日)。

事本上写道:"福楼拜让我赞赏不已。"①

在感谢信中,乔治·桑第一次以"你"称呼福楼拜:"再者,你啊,你是一个勇敢的好男孩,是一个很伟大的人,我全心爱你。"②之后她颇犹豫了一阵子,恢复了使用"您",直到第二年才完全放弃这个称谓;由于二人的年龄差距,福楼拜则一直用"您"来称呼他这位"亲爱的好老师"。

除了这些充满温情的话语外,乔治·桑还附赠了一个礼物,她让人给福楼拜寄去她的全集,并故作放肆地附言:"这可是大部头。您把它放在书架一角,想起来的时候就拿出来。"③

*

1866 年 11 月 3 日,乔治·桑又来到克鲁瓦塞,这次她要逗留一周。白天的时间用来工作或散步。福楼拜带乔治·桑参观了由费利克斯-阿基米德·普歇(Félix-Archimède Pouchet)担任馆长的鲁昂自然历史博物馆。小说家乔治·桑的到来给普歇留下了极为深刻的印象:12 月,福楼拜写信给乔治·桑,喜滋滋地告诉她自己又见到了普歇,而且这个可怜人儿一个月以来一直忧心忡忡,因为和乔治·桑大人见面的那一天,他的胡子"没有打理"④!

---

① 《通信集》,同前引书,第 71 页(1866 年 8 月 30 日)。
② 同上,第 72 页(1866 年 8 月 31 日)。
③ 同上,第 74 页(1866 年 9 月 2 日)。
④ 同上,第 113 页(1866 年 12 月 27 日)。

夜幕降临,他们的话却怎么也说不完。从 11 月 4 日晚上说到 5 日凌晨两点半,饥饿感突然来袭,于是他们急忙到厨房找冷鸡肉吃。随后,到院子里的水泵旁喝水解渴,接着又十分自然地回到楼上,在工作间里一直聊天至凌晨四点。

*

此后,他们开始频繁通信。信中文字的感情色彩都非常浓烈。乔治·桑会对福楼拜说:"我全心爱你。"①。"我不知道我对您的感情属于何种类型,"福楼拜写道,"但我对您有种迄今为止对任何人都没有的特别的温情。"②

是否该认为他们之间存在友情以外的东西? 龚古尔兄弟曾在一次社交晚宴上吃惊地听到乔治·桑用"你"称呼福楼拜,并在《日记》中提出了同样的问题:"这是情人之间的'你',还是哗众取宠之人口中的'你'?"③不过,这对以笔法辛辣闻名的兄弟,却是唯一发现乔治·桑和福楼拜之间潜在关联的人。那是一种更加强烈的关联:一种联结。这种联结超越了一切形式的诱惑,甚至超越了性别的差异(对于福楼拜而言,乔治·桑属于"第三性"④),将这两个惊喜地发现彼此可以无话不谈的人紧紧相连。他们给这惊人默契取

---

① 《通信集》,同前引书,第 147 页(1867 年 7 月 24 日)。

② 同上,第 92 页(1866 年 11 月 13 日)。

③ 龚古尔兄弟,《日记》,同前引书,第 II 卷,第 223 页(1869 年 5 月 12 日)。

④ 《通信集》,同上,第 196 页(1868 年 9 月 19 日)。

了个名字,视彼此为"行吟诗人"①。

这美妙的称谓,意味深长地道出了他们所共有的对温柔甚至是陈旧事物的爱:正是这些事物让二人得以逃离这个世界,并将生活变成一场欢乐的筵席。乔治·桑和福楼拜彼此相爱,是出于相爱之乐、交谈之乐,尤其是通信之乐。

这是因为,他们的信中流露出的首先是友情。他们从未定期互相拜访,有时甚至很久也见不上一面,在同一个地方停留的时间总共也不超过十五天。但是,从他们的信中却能明显看出一种融洽与默契。他们不浮夸,也不造作。他们拒绝"大人物"②式的通信。大病初愈的乔治·桑写道:"亲爱的同志,你的行吟诗人老伙计曾经真想一了百了。"③福楼拜抱怨好久没有乔治·桑的消息:"这样像话吗,亲爱的老师!您已经两个多月没有给您的行吟诗人老伙计写信了!"④他把围巾落在了马车上,乔治·桑寄还给他,并写道:"把你落在车上的围脖还给你。"⑤

他们之间并不讲惯常礼节那一套。二人互无所求、毫无保留,那特有的亲密感,就是他们抵抗世间纷扰的港湾。

---

① 《通信集》,同前引书,第162、186、192、204、236、342 页等。
② 同上,第 130 页(1867 年 3 月 2 日)。
③ 同上,第 115 页(1867 年 1 月 9 日)。
④ 同上,第 192 页(1868 年 9 月 9 日)。
⑤ 同上,第 244 页(1868 年 9 月 8 日)。

*

1869 年 12 月 23 日 17 时 30 分，一辆马车驶入诺昂（Nohant）城堡院内，它是从沙托鲁（Châteauroux）火车站来的。几小时前，一列从巴黎驶来的火车停靠在那里。居斯塔夫·福楼拜受到了城堡女主人乔治·桑的热情欢迎——她很高兴能与他一起过圣诞节。

其实，乔治·桑对这次拜访期待已久，她肯定有些不敢相信福楼拜此次真能成行。1867 年，福楼拜曾多次婉拒她的邀请；1868 年，他也曾因工作繁忙而拒绝担任乔治·桑的两个孙女的教父。1869 年，相识最久的老友路易·布耶（Louis Bouilhet）以及圣伯夫的先后离开让福楼拜深受打击。11 月，在这样艰难的处境下，《情感教育》（*Éducation sentimentale*）问世了，然而评论界却反应冷淡，甚至大加挞伐，福楼拜急忙将此事告知友人乔治·桑。乔治·桑试图安慰他，而焦虑的福楼拜这次（也是唯一一次）却打破了二人一向无涉利害关系的交往原则，请求"亲爱的老师"公开替自己说话。在收到这一请求后三天，因扭伤而身体不适、高烧不退的乔治·桑完成了这一任务，她撰写的那篇文章不久后发表在《新闻报》上。福楼拜欣喜万分，感激不已："您是何等好心的女士，何等勇敢的人！其他方面就更不用说了！"[1]

这次，福楼拜终于能够好好向乔治·桑表达感激之情了。他很快便适应了乔治·桑在信中多次描述过的诺昂城堡的生活。白

---

[1]《通信集》，同前引书，第 258 页（1869 年 12 月 10 日）。

天散步、阅读，晚饭后是集体游戏和聊天时间，有时还会进行这家人最喜欢的娱乐活动：由乔治·桑的儿子莫里斯(Maurice)表演木偶戏。24日，木偶戏台前竖起了一棵圣诞树。大家交换礼物，一直庆祝到凌晨三点。乔治·桑动情地写道："福楼拜快乐得像个孩子。"①大家还向福楼拜介绍了一只名叫"居斯塔夫先生"的羊，福楼拜高兴极了。两天后，热烈的气氛达到高潮：福楼拜男扮女装，大跳西班牙狂舞，逗得乔治·桑和家人大笑不止。

可惜，"1869年的最美时光"②终究还是结束了：福楼拜回到了巴黎，并很快重新陷入了挥之不去的伤感。接下来发生的事情也无法消解他的忧愁。

*

1870年7月19日，法国对普鲁士宣战。时值酷暑，两位作家均在写给对方的信中表达了自己的惊愕。法军接连败北。色当一役战败后，拿破仑三世投降。9月4日，共和国宣告成立，乔治·桑这才稍稍宽心。福楼拜倒是希望一切如乔治·桑所说，只是灾祸此后又接二连三地发生。9月底，为躲避天花疫情，乔治·桑不得不和家人一起离开诺昂，福楼拜只能零星地收到关于乔治·桑的消息。12月5日，鲁昂被普军攻陷，而福楼拜当时正在这里与母亲同住。鲁昂与法国其他地方的通信全部被切断，直至1871年1月

---

① 乔治·桑的记事本，出处同前，第263页(1869年12月24日)。
② 同上，第267页(1870年1月3日)。

28 日停战才恢复正常。2 月中旬，一直忧心忡忡的乔治·桑终于长吁了一口气——她收到了福楼拜的信，后者在信中说自己还活着，亲人也都安好。如果他能继续来信该有多好！

然而，灰暗的日子还在继续。

巴黎暴动之时，福楼拜曾如此描述巴黎公社的暴行："倒行逆施！残忍粗暴！"①他寄给友人乔治·桑的多封信件都苦涩而沉重：他在信中反对这种将平等凌驾于正义之上、让他的巴黎陷入"疯狂"②的民主。乔治·桑自己也"深感困惑"③：拒斥暴力的她，感觉到自己的共和信念动摇了。她任凭自己陷入忧伤。福楼拜甚至因此以为她会从此闭口不谈"她最得意的社会话题"④，并坚持认为："尽管您有一双神秘的大眼睛，但您还是戴着金色滤镜在看世界。这金色源自您心中的太阳。但突如其来的巨大黑暗，导致您现在无法看清一切。"⑤

乔治·桑最终还是走了出来。她没有直接给福楼拜回信，而是向《时报》(Le Temps)寄去了一封名为《答友人》的公开信，重申她对当时一系列事件的谴责，并无比坚定地阐明了她对人、对进步

---

① 《通信集》，同前引书，第 329 页(1871 年 4 月 24 日)。
② 同上，第 333 页(1871 年 4 月 30 日)。
③ 同上，第 342 页(1871 年 9 月 6 日)。
④ 福楼拜致埃德玛·罗歇·德热内特(Edma Roger des Genettes)的信，同上，第 89 页。
⑤ 同上，第 348 页(1871 年 9 月 8 日)。

的信念——她用"情感真理"①反对福楼拜的"理性真理"。福楼拜读到后十分感动,但当然拒绝"改变看法"②。乔治·桑害怕自己此举冒犯了福楼拜,还专门说明这封"公开信"是针对公众而非针对他所写:二人的讨论应似"情人间的爱抚,甚至还要更加温和,因为友谊亦自有其神秘之处"③。福楼拜开玩笑般地安抚她:"亲爱的好老师,您那无可争议的**单纯**从未像这次一样展露无遗!怎么会?您真的以为冒犯了我!![……]您可以对我诉说一切!一切!您的巴掌对我而言都是爱抚。"④

福楼拜和乔治·桑的友谊虽然充满温情,但在经历了长期通信、战争暴行以及各自的种种不幸和幻灭后,也并非毫发无损、完好如初。

*

今时今日,他们的差异比在巴黎公社之前还要明显。

福楼拜意气消沉,几乎处于放弃状态。身边的人接连离世。短短几年间,他的朋友路易·科尔默南子爵(Louis de Cormenin)、布耶、圣伯夫和茹尔·德·龚古尔相继亡故。1872年,他的母亲离他而去,令他一蹶不振。仅剩的一位挚友泰奥菲尔·戈蒂耶也在

---

① 《通信集》,同前引书,第352页(1871年10月10日)。
② 同上,第350页(1871年10月7日)。
③ 同上,第352页(1871年10月10日)。
④ 同上,第353页(1871年10月12日)。

同年 10 月去世。福楼拜不仅内心痛苦,更觉得自己已与这个被政治动乱深刻改变的世界格格不入。然而,等待他的还有几记无情暴击。1874 年,《情感教育》一败五年后,福楼拜出版了剧作《竞选人》(Le Candidat),结果并不成功。最后一部小说《布瓦尔和佩居榭》(Bouvard et Pécuchet)的写作也让他饱受折磨。1875 年,福楼拜迎来致命一击:被他视作女儿的侄女卡罗琳(Caroline)的丈夫不慎参与投机活动,让福楼拜倾家荡产。而乔治·桑的慷慨令福楼拜感动万分、泪流满面:她提出,如果哪一天他被迫出售他心爱的克鲁瓦塞庄园,她愿意购入一部分以便他能在那里安度晚年。①

其实,每次福楼拜遭遇打击时,乔治·桑都会出现,给予他精神支持和语言安慰。看到他"变得孤僻且对生活不满"②,她非常不安,劝他像自己一样搁笔隐退。乔治·桑也曾历经煎熬:至亲至爱的离开、与女儿索朗热(Solange)的不和、数个孙辈的去世,还有作为一个需要不断产出以维持体面生活的作家的诸多忧虑,以及政治和文学方面的幻灭。不过,这苦难的日子已被她留在身后。她在居家生活中自得其乐,称其为宁静之源;关怀他人也让她获得了忘记自己、洒脱生活的力量。她不遗余力地向福楼拜灌输的正是这种智慧,不过,她的做法有时也会激怒福楼拜。

她确实没能每次都找到最合适的方法,比如有一次她建议他

---

① 米歇尔·维诺克(Michel Winock),《居斯塔夫·福楼拜》(Gustave Flaubert),伽利玛出版社,巴黎,2013 年,第 390 页。
②《通信集》,同前引书,第 400 页。

结婚,以此缓解持续的忧郁。这项迥异于福楼拜性情和生活选择的建议,并不太对他的胃口。福楼拜在给玛蒂尔德公主的信中坦承,他对乔治·桑"无休止的祝福"有些厌倦,"时常让他恼怒"[①];不过,他于几天后的回复却不见一丝愠怒:他说自己太老了,而且关键是不够富有……

*

1869 年难忘的圣诞之后三年,1873 年 4 月 12 日至 19 日,福楼拜第二次在诺昂驻留,这一次同行的还有屠格涅夫。战后一直同福楼拜保持通信的乔治·桑,很快将以一种比信件更加直观的方式亲身感受到他们之间的距离。

从表面上看,一切都和上次一样。同样的日程安排,田间散步、阅读、吃饭、游戏、聊天。复活节当日,餐桌上布置了鲜花,大家吃了鸡肉。同样的场景再次上演:为逗乐观众,福楼拜穿上裙子开始跳舞。[②] 不过,似乎有些不太对劲。乔治·桑在记事本中也难掩失望之情:福楼拜虽然瘦了不少,身体健康,但"老了"。他开始抵触原来觉得好笑的俏皮话,而包括诺昂城堡里的喧闹声以及乔治·桑一家人生活习惯在内的一切,也很快让他感到厌烦,他甚至尝试将自己的节奏强加在同住的其他人身上,虽然此举常常不合时宜且以失败告终。多米诺骨牌让他觉得无聊? 他就暂停牌局,

---

① 福楼拜致玛蒂尔德公主的信,同前引书,第 400 页(1872 年 10 月 28 日)。
② 乔治·桑的记事本,同前引书,第 425 页(1873 年 4 月 13 日)。

"大谈政治"。大家像往常一样在晚饭后跳舞、唱歌、大声喧哗？他受不了吵闹声，非要大家停下来"聊文学"。而他一旦开始说话，"那就是他一个人的主场了"。在这次小住接近尾声的时候，乔治·桑的态度更明朗了："我亲爱的福楼拜让我感到精疲力竭，但我很爱他。他很出色，就是个性过于洋溢，他让我们感到累极了。"①

不善交际的福楼拜似乎并未察觉到乔治·桑的不适。不久后，他们又在巴黎见面了，因为乔治·桑需要一副新的假牙！他们约好某天晚上六点半和屠格涅夫及埃德蒙·德·龚古尔一起在玛尼餐馆吃饭。乔治·桑和屠格涅夫准时赴约；一刻钟后，龚古尔气喘吁吁地来了，告诉他们福楼拜改主意了，让大家到韦富尔餐馆（Véfour）找他。乔治·桑破口怒骂，因为那家馆子很远，餐食很糟糕，她又很累。最终她还是妥协了，跟着大部队一同前往。在韦富尔，福楼拜居然直接在一张沙发上睡着了。乔治·桑粗暴地叫醒了他；她说他是猪，他跪下来请求原谅，另外两个人则开怀大笑。晚餐开始了，而乔治·桑在进餐过程中发现了其他令她不满的地方。一回到家，她便写道："我受够我的这位小伙计了。我爱他，但他让我头痛欲裂。他不喜欢噪声，但他自己制造的噪声却不会让他感到难受。"②

---

① 《通信集》，同前引书，第 427 页（1873 年 4 月 19 日）。

② 乔治·桑致其子莫里斯的信，引自克洛德·特里科泰尔（Claude Tricotel）的《如同两位行吟诗人：福楼拜和桑的友谊故事》（*Comme deux troubadours : histoire de l'amitié Flaubert-Sand*），朗科姆出版社（Lancosme），旺德夫尔（Vandœuvre），2007 年，第 196 页。

这当然都是一些琐碎的小事。他们彼此都感到厌倦，乔治·桑的感受更甚于福楼拜；很多密切接触的真心朋友都会经历此类暂时的恼怒，这并非意味着真的反目成仇，而只是说明各自习惯不同。二人在往来信函中对彼此的尊重依然如初。乔治·桑继续试图为福楼拜指明道路——即便不是幸福之道，至少也是安宁之路。面对这位朋友一次又一次的抱怨，她从未痛苦、泄气过。另一边，对时代进行最激烈抨击的福楼拜也承认，按自己的心性，一旦被逼得忍无可忍，他将做出具有毁灭性后果的行动。

*

后来，福楼拜在乔治·桑离世前不久告诉她，自己是受她的"直接影响"[1]才写了《三故事》(*Trois Contes*)中最著名的一篇《一颗简单的心》(*Un cœur simple*)。他如此这般向乔治·桑致敬，是否完全出自真心？诚然，那部短篇讲述的确实是一位平民女子的故事，她的淳朴也的确能让人联想到乔治·桑作品中的一些女性人物，但福楼拜在其中大展自己惯用的讽刺之功，这一点则与乔治·桑的审美相去甚远。

说到底，乔治·桑和福楼拜虽然热情通信、互相欣赏，但他们的作品却各自遵循不同的道路；他们之间不存在文学方面的合作，一旦涉及写作，这两位行吟诗人便无法达成任何共识。写作的受

---

[1]《通信集》，同前引书，第 533 页(1876 年 5 月 29 日)。

众应该是谁？听到福楼拜说他只是为了他认为能够理解自己的那十几个人写作时，乔治·桑立刻表示反对。要为所有人而写啊！风格？一向下笔流畅的乔治·桑无法理解为什么这位朋友要自己给自己制造无尽的痛苦，她建议他写下所发生的一切，并且一直往前推进，哪怕之后要全部推翻重来。福楼拜的信条是不在作品中流露自己的观点，乔治·桑对此给出了一记强烈而有力的反驳："不写自己心中所想？我完完全全无法理解。对我而言，似乎没有其他东西可写了。"①

他们都深爱艺术，但表现方式不尽相同：福楼拜认为要为后代而创作，乔治·桑则认为要影响当下生活的时代；福楼拜对自己的才华有着非常天真的认识，写作时有多痛苦，内心认为定能写出杰作的信心就有多坚定，并且从不怀疑笔下作品的质量，也从不怀疑自己写的东西会代代相传；而乔治·桑即便面对一部她并不认为会流芳百世的作品，也会极尽谦卑（她必然会表现得十分夸张，以示真诚）。然而，或许正是他们一个人身上绝对的自信，以及另一个人对一切人类创作相对性的认识保护了他们，让他们不致偏离各自所选择的道路。

*

1876 年 6 月 8 日，星期四，在经历了一周的痛苦和煎熬之后，

① 《通信集》，同前引书，第 107 页（1866 年 12 月 7 日）。

七十二岁的乔治·桑死于肠梗阻。5月底曾从报纸上得知其患病消息的福楼拜立刻发去一封电报,两天后,他在勒南(Renan)和拿破仑王子(Prince Napoléon)的陪同下乘火车前往诺昂,参加乔治·桑的葬礼。

他一到,便被人带入停放着友人遗体的房间。他与乔治·桑的孙女小奥萝尔(Aurore)目光交错,他写道,她的眼睛"(与乔治·桑)是如此相似,好像是她复活了一般……"①中午,仪式开始,诺昂的村民们进入城堡院内,目送佃农和佣人们抬着棺材缓缓而出。送行队伍启程,来到了村中教堂。福楼拜一直在外等待,静坐雨中,万分悲痛。弥撒结束了,人们将棺材抬至小墓园,周围是"一群好心的乡下人,数着念珠小声祷告,这很像她笔下一部小说中的章节"②。雨还在下,泥浆没过脚踝。正式的悼词过后,大家排起队,每人朝棺材抛上一枝月桂。

福楼拜站在一旁,默默流泪。如同他在给莫里斯·桑的信中所言,他好像第二次安葬了自己的母亲。"必须以我了解她的方式了解她,才能知晓这位伟人所拥有的一切女性特质,以及这位天才身上蕴含的无限温情。"③

福楼拜的人生只剩下四年时光。老朋友乔治·桑的离开强化

① 福楼拜致屠格涅夫的信,出处同前,第 534 页。
② 福楼拜致埃德玛·罗歇·德热内特的信,同上,第 534 页(1876 年 6 月 19 日)。
③ 福楼拜致玛丽-索菲·勒鲁瓦耶·德尚特皮(Marie-Sophie Leroyer de Chantepie),同上,第 535 页。

了他的空虚感。他多次流露出对她的想念，这很容易理解：乔治·桑的安慰以及他们的思想交流，为他的人生带来了男性友人无法给予的一抹柔情和平静。当莫里斯请他寄来母亲的信以便结集出版时，福楼拜欣然接受了，就这个极度注重保护隐私的人而言，这一举动实在是出人意料。从某种意义上说，他那位"行吟诗人老伙计"的来信已不再属于他，而是成了乔治·桑作品中最为鲜活的一部分。

6

冰 崩

未必要读过亨利·詹姆斯的作品才会对他心生敬畏。他仪表堂堂,体格健壮,天庭饱满,让人想到古罗马人,而且神似威尔士亲王。

　　不过,想必并非所有人都会折服于他的威严。是因为他含蓄内敛、文质彬彬? 还是因为他不太会用简单的方式让平民百姓理解他想表达的意思? 反正,1885 年 4 月至 5 月间的一天,当他出现在罗伯特·路易斯·史蒂文森家门口时,佣人们让他从侧门进入,并告知女主人,她等的铺地毯工到了。①

　　英国给美国人詹姆斯上了一堂生动的幽默课。万幸的是,他可不缺乏幽默感。对于这次发生在和《金银岛》(*Treasure Island*)的作者见面之前的有趣误会,他十有八九还是第一个一笑置之的人。

---

① 威廉·格雷(William Gray),《罗伯特·路易斯·史蒂文森:文学生涯》(*Robert Louis Stevenson：A Literary Life*),帕尔格雷夫·麦克米伦出版社(Palgrave Macmillan),贝辛斯托克(Basingstoke),2004 年,第 21 页。

*

1884 年夏，在数次迁居后，范妮·史蒂文森（Fanny Stevenson）和罗伯特·路易斯·史蒂文森在位于多塞特郡伯恩茅斯的一处海滨浴场安顿了下来，住在离沙滩不远处一座被他们称为"斯凯里沃尔"（Skerryvore）的漂亮的大房子里。房子如今已不复存在，但老照片和他人的讲述让我们得以一窥其貌：大大的窗户，局部爬满常春藤的砖墙，还有一个草木葱茏的园子，杜鹃丛丛，菜园别致，石楠簇簇。在这风景如画的地方，史蒂文森在妻子和继子劳埃德（Lloyd，为史蒂文森之妻与前夫所生）的陪伴下孜孜不倦地工作，同时和渐渐吞噬他的结核病魔斗争着。

詹姆斯几天前刚到伯恩茅斯。他是陪妹妹爱丽丝（Alice）来的，因为爱丽丝希望这里的海风能治好她的神经衰弱。这位小说家对妹妹当然感情深厚、尽心尽力，但前往斯凯里沃尔放松一下或许会让他非常欣喜。出于这样的考虑，他答复了史蒂文森于 1884 年 12 月发来的请柬，请柬上是这样写的："我的妻子和我将十分高兴为您提供住宿和饮食（我有一瓶上好的波尔多）。"①

这瓶酒——如果邀请了詹姆斯的这位主人在五个月后还记得自己的承诺的话——标志着一段持续九年的深厚友谊的开始。

---

① 米歇尔·勒布里斯（Michel Le Bris），《文人友谊：亨利·詹姆斯与罗伯特·路易斯·史蒂文森，通信及作品选段》（*Une amitié littéraire：Henry James，Robert Louis Stevenson，correspondance et textes*），韦迪耶出版社（Verdier），巴黎，1987 年，第 119 页（1884 年 12 月 8 日）。

*

从《金银岛》到《绑架》(*Kidnapped*)，再到《破坏者》(*The Wrecker*)，史蒂文森的作品仅从名字上看便是一封封绝佳的时空遨游请柬。他所呈现的世界，由荒岛、盖伦船、苏格兰城堡、昏暗的街巷，以及烟雾缭绕、朗姆飘香的小旅馆构成。他笔下的人物，有既让人迷恋又让人提心吊胆的冒险家，有足智多谋的孩子，也有神秘的边缘人，所有人物身上都散发着让人无法抵挡的魅力。阅读史蒂文森的作品，仿佛置身于一个多姿多彩的绚丽奇境，总能收获百转千回的曲折和绝妙灵动的新鲜。波澜迭起的情节扣人心弦，让阅读的人在这场小说盛宴中大快朵颐（甚至欲罢不能），一页页地去接近故事的结局。

而詹姆斯最喜欢的莫过于用旁观者的目光审视自己的同时代人。《使节》(*The Ambassadors*)和《梅茜所知道的》(*What Maisie Knew*)中可没有藏宝图：化身探险家的詹姆斯要探索的，是一个属于社交晚宴、豪华客厅以及静谧豪宅的国度。他精于刻画人物的内心世界以及社交法则的残酷，对神秘题材和幻想题材也有一定的兴趣，这方面的顶峰之作便是《螺丝在拧紧》(*The Turn of the Screw*)。

如果说史蒂文森的作品让人很有阅读的欲望，那么亨利·詹姆斯就如人们委婉表达的那样，是一位很难读的作家。"我宁可下地狱也不读这东西"——马克·吐温在《波士顿人》(*The Bostonians*)上的这句评论着实无情。不过，的确只有耐心的读者

101

才能体会到詹姆斯的魔力和吸引力。必须做好准备,顺着那些以
佶屈聱牙著称的长句,在题外之语和车轱辘话中紧跟他的思路。
个中乐趣,如同在一座既熟悉又陌生的城市迷路时的体验。

正因如此,詹姆斯从未体验过作品热销带来的兴奋感。"我甚
至连十本都卖不出",他曾在一封信中如此哀叹。[①] 这么说当然是
夸张了,不过其作品销量确实和史蒂文森(已然习惯作品成为畅销
书)的不在同一个数量级上。《金银岛》和《化身博士》(*Strange
Case of Dr Jekyll and Mr Hyde*)在几年时间里就大卖数十万册,
席卷世界各地,甚至在太平洋中部地区也不乏史蒂文森的书迷。

*

19世纪80年代,亨利·詹姆斯还不是那个我们在照片和肖像
(呈现的基本都是他六十多岁的样子)上看到的下颌光滑、大腹便
便的人。1843年生于纽约的他,这时四十多岁,留着胡子,给人精
力充沛的印象。然而,他虽远游四方,却始终未能成为一名冒险
家。不在意大利或法国游历的日子,他就在伦敦安静度日——他
于1876年在此定居,并因能言善道、温文尔雅,以及《罗德里克·
赫德森》(*Roderick Hudson*,1875年)和《一位女士的画像》(*The
Portrait of a Lady*,1881年)等初期作品引发的关注,进入了这里
的上流社会。坚持独身、爱狗如命、畏惧选择、羞于评论的他,在维

---

① 米歇尔·勒布里斯,《文人友谊》,同前引书,第258页(1893年8月5日)。

多利亚时代的英国生活得可谓如鱼得水，十分适应这个社会的规则和充满条条框框的价值观。举个例子，左拉一派作家的小说触犯了詹姆斯内心的洁癖，因此在他看来"粗俗不堪"。

不过，大可不必理会那些关于他是一个附庸风雅之人的流言蜚语。所有与詹姆斯有过深入接触、对他有足够了解的人都说，他有着动人的亲切感，并且平易近人到不可思议的程度。没错，他身上的一切确实都不简单，他的举止让人如沐春风，他在意自己仪表这件事总被人拿来开玩笑，他的各色背心以及他收藏的徒步手杖和各式帽子更是令人瞠目结舌。他自己曾说："我对收集各类精密复杂之物感到十分自豪。如果詹姆斯这个名字有多种发音方式，哪怕是最为异想天开的方式，我说不定也会去收集。"①但这是一种自嘲，其中虽存在附庸风雅的成分，却更是一副面具，甚至是一种遮羞方式。

*

史蒂文森身上令人佩服的地方只有他的天赋。

他的父亲汤玛斯·史蒂文森（Thomas Stevenson）对独子寄予厚望，期待他像自己以及父亲一样，成为一名专门从事灯塔建造的工程师。不过，他最终应该还是放弃了，因为放荡不羁的生活更能吸引他的儿子：小史蒂文森后来选择学习法律，并在拿到律师证

① 引自利昂·埃德尔（Leon Edel），《亨利·詹姆斯的一生》（*Henry James, une vie*），A. 穆勒（A. Müller）译，瑟伊出版社，巴黎，1990 年，第 847 页。

后,不顾家人的反对,全身心地投入文学创作。

　　如果只是这样就好了!关于作家们的父母所经受的煎熬,总是有说不完的故事。1870年,史蒂文森刚满二十岁,便已在认真考虑要娶一位爱丁堡妓女为妻。三年后,他向他备受尊敬的父亲——一位虔诚的加尔文宗信徒宣布自己已失去信仰。1876年,在被父亲赶出家门后不久,史蒂文森在法国遇到了一个女人,而这个女人身上没有任何能让严父汤玛斯感到欣慰的地方:她叫范妮·奥斯本(Fanny Osbourne),原姓范德格里夫特(Van de Grift),时年三十六,比史蒂文森大十岁,美国人,曾赴内华达州淘金,如今和一群艺术家一起在巴比松(Barbizon)学习绘画;和丈夫分居,已有两个孩子,分别是十九岁的伊索贝尔(Isobel)和八岁的劳埃德。恋爱会使人变得盲目,四年之后,史蒂文森横渡大西洋、穿越美国,只为到加利福尼亚州与范妮相见。二人在1881年回到欧洲时,已经结为夫妻。

　　汤玛斯·史蒂文森只得接受这一事实,并试着和儿子好好相处。一个鲜少被提及的事实是,文学在这场和解中发挥了重要作用。为修复破碎的关系,1881年夏天,史蒂文森一家几代决定一起外出度假,并为此在高地租了一个小别墅。日子总让人感觉漫长,气氛也剑拔弩张。可以想见,这让十三岁的劳埃德感到无聊透顶。为了替他排遣忧愁,他的继父画了一座虚构小岛的地图。

　　洞穴、泥沼、河湾……一切慢慢呈现,想象也渐渐开始自由驰骋。地图中的小岛被命名为"金银岛",而这张地图也成了即兴文学创作的载体。人物逐渐清晰，故事初具雏形，劳埃德总要听后续，史蒂文森于是闭关写作。每天，他都会朗读新的篇章，一家人围坐在一起，鼓掌欢呼。他的父亲也参与其中：重拾童心的汤玛斯尽情发挥创作灵感，还会给儿子提出这样那样的建议。[①] 此后，他对儿子以及文学生活的看法有了改观。当 1882 年《金银岛》的出版大获成功时，他早已和儿子冰释前嫌、重归于好。此外，范妮和罗伯特·路易斯在伯恩茅斯的房产也要归功于这位父亲的慷慨资助。

*

友谊不仅仅是知己间的故事，它也可能与差异共存，在更好的情况下，甚至会从差异中得到滋养。詹姆斯和史蒂文森之间的一切，竟然起源于一次争执。

1884 年 12 月，伯恩茅斯初访之前几个月，詹姆斯和史蒂文森彼此还不认识，最多就是在 1879 年的一次社交晚宴上打过照面，那时的詹姆斯刚刚小有名气，史蒂文森也仅出版了一本游记——《内河航程》(*An Inland Voyage*)。亨利·詹姆斯在翻阅《朗曼杂志》(*Longman's Magazine*)时发现了一篇文章，题目是《一点谦恭

[①] 史蒂文森曾在《我的第一本书》(1893 年)这篇文章中描述了他的父亲对《金银岛》的热情。此文收录于《小说艺术漫谈》(*Essais sur l'art de la fiction*)，F. M. 沃特金斯-鲁凯罗尔 (F. M. Watkins-Roucayrol) 译，帕约出版社 (Payot)，巴黎，2017 年。

的抗议》。而抗议的对象正是他自己,更确切地说,是他几周前发表于同一份杂志上的文章《小说的艺术》。抗议虽然"谦恭",但十分坚决:它的作者称"我的见解与詹姆斯先生的有着天壤之别"①。这个人不是别人,正是罗伯特·路易斯·史蒂文森。

不必纠结于《小说的艺术》和《一点谦恭的抗议》之间的这场激辩,因为那真是玄之又玄,甚至空泛无用。总而言之,詹姆斯认为小说的目的在于"反映生活",而史蒂文森则认为文学作品的价值在于"简化生活"。对我们来说,关键之处是,因为这次论战,他们开始了通信,进而有了伯恩茅斯之约。

是詹姆斯主动给他的同仁寄去了一封热情洋溢的信:"在用半小时的时间阅读完这篇极富吸引力的文章后,我非常想友好地给您写几句话。不是反驳,不是异议、回击或抗议,而是热烈赞同,以此表达我在阅读您写的这篇文章时的喜悦心情。在道德沦丧的当今时代,能遇到一位**真的**在写作、真正了解这门可爱艺术的人,是一种奢侈。"②

三天后的 12 月 8 日,史蒂文森回信了。在热情致谢后,他表达了对詹姆斯精湛文笔的崇拜:"和您相比,我觉得自己就是个大老粗,是个顶笨拙的人。"只是,史蒂文森丝毫没有被詹姆斯文雅礼貌的言辞打动,也未放下戒备。他甚至还请对方指明并深入解释他

---

① 米歇尔·勒布里斯,《文人友谊》,同前引书,第 107 页。
② 同上,第 115 页(1884 年 12 月 5 日)。

们之间的分歧："我真巴不得和您这样的同伴一道终生耕耘这片沃土。"①

千万别把这一请求错认为一场论战,因为史蒂文森还在同一封信中向詹姆斯许诺了"一瓶上好的波尔多"。在他笔下,"激将"就等于赞扬。友谊已萌芽,信中的一切似乎也呼应了尼采的这句铿锵箴言:"至少做我的敌人吧!——这是想要友谊而却没有胆量去乞求的、真正的畏敬之言。"②

但基调已经算是定下了。詹姆斯应邀赶赴的,正是一场不折不扣的对决。信末那句化用自《麦克白》(Macbeth)的附言"做好准备吧,麦克德夫!"③再幽默,也不足以否认这个事实。

*

1885年春,如此不同的两位作家在伯恩茅斯相见。一方是谨慎的知识分子,另一方则是张扬的叛逆人物;一方注重现实的心理分析,另一方则醉心于浪漫的幻想故事。然而,他们却一见如故。这原本只是一次礼节性拜访,却由此产生了真正的同志情谊:詹姆

---

① 米歇尔·勒布里斯,《文人友谊》,第117页(1884年12月8日)。

② 尼采,《朋友》(De l'ami),见《查拉图斯特拉如是说》(Ainsi parlait Zarathoustra),G. A. 戈尔德施密特(G. A. Goldschmidt)出版、翻译,口袋书出版社(Livre de poche),巴黎,1983年,第74页。

(此处采用钱春绮译本,见生活·读书·新知三联书店2007年版。——译注)

③ 米歇尔·勒布里斯,《文人友谊》,同上,第119页。

斯在海滨浴场逗留的那三个月里，史蒂文森夫妇几乎天天招待这位新朋友。

5月19日晚，这对夫妇甚至邀请詹姆斯共同庆祝他们结婚五周年。在这个特殊的日子里，主人们对这位客人可谓关怀备至：范妮为他准备了美式晚餐，他还惊奇地发现，餐盘与餐巾之间的空隙里夹着一首写给他的赞扬小诗。诗以"今夜何人来？"开篇。随后，诗人用一连串复杂、晦涩、婉转的语句列举了詹姆斯笔下的多个女主人公，并最终写道：

> 请吧，不请自来的天使们，进来。
>
> 但他，带着这些闪光的名字，
>
> 亲自到此（最好不过）。
>
> 欢迎詹姆斯。[1]

这位幸运的客人或许把他对这些诗句的印象深藏在了心底——他曾在写给哥哥的信中透露这首诗"差劲"[2]极了。两年后，当看到史蒂文森将此诗收录在诗集《矮树丛》(Underwoods)中时，詹姆斯应该会很惊讶。不过，它的人文价值足以让这份动人的友

---

① 米歇尔·勒布里斯，《文人友谊》，同前引书，第 127 页。

② 詹姆斯致长兄的信，见《写给家人的信》(Lettres à sa famille)，D. 德马尔热里(D. de Margerie)、A. 罗兰(A. Rolland)译，伽利玛出版社，巴黎，1995 年，第 214 页(1887 年 10 月 5 日)。

谊见证弥足珍贵。不错,詹姆斯是,并且一直是那个深受"欢迎"的客人。

他每次来(都是在傍晚,因为两位作家白天工作),都会受到史蒂文森夫妇的热情款待,并且每次都会应邀坐在同一把蓝色大椅子上:这把椅子本属于史蒂文森的祖父,但很快就被唤作"亨利·詹姆斯之椅"了。

他们充满默契、饶有趣味的探讨也就此开始。詹姆斯沉着稳重,谈吐从容,但史蒂文森可坐不住,他手势不断,挥动胳膊,站起又坐下,一根接一根地抽烟,最后总会担心自己日渐消瘦的身体吃不消;从知心话到俏皮话,他们忘记了时间,似乎已是老相识。

7月,詹姆斯回到伦敦,大家都很想念他。范妮在致友人的信中写道:"和亨利·詹姆斯相处十周后,现在的夜晚让人感到空虚,即便客厅里满是人。"①这是因为,他成了他们的一位至交、一位密友,他被视若珍宝,几乎已不可或缺。"我亲爱的詹姆斯,来吧,来吧,来吧!"史蒂文森在10月曾如此写道,并说那把蓝色椅子正恭候着他的到来。②

詹姆斯的回复也足以向那些持怀疑态度的人证明,《波士顿人》的作者可不是个无聊的书呆子:"我向您庄严而深情地宣誓,一旦有可能,我的屁股就会坐在炉边那把旧椅子上。"③

① 米歇尔·勒布里斯,《文人友谊》,同前引书,第18页。
② 同上,第123页(1885年10月28日)。
③ 同上,第125页(1885年11月6日)。

*

不过,史蒂文森病倒了,而且病得很重。严重的结核病,加上折磨人的风湿和反复高烧,让他被迫整日卧床,咳血不止,煎熬不断。

因此,当他于 1887 年决定和母亲、妻子以及小劳埃德一起长途跋涉去美国时,他的大多数朋友都很诧异,他们确信他这是疯了。

或许吧。但史蒂文森认为科罗拉多州的天气应该会对自己的身体有益(不过他最终并没有去那里)。更深入一些,这对他而言是一个生死攸关的问题:去冒险、去追寻奇遇,就是证明他依然是自己生命的主人。

和其他人一样,詹姆斯也认为这趟远行"不可思议"。不过,1887 年 8 月 21 日,正当史蒂文森一家踏上甲板、即将启程赴美之时,詹姆斯出现在了泰晤士河畔的码头,并送给他们一箱香槟作为临别礼物。①

*

在纽约及美加边境附近待了一段时间后,1888 年,史蒂文森一家又上路了。要回去吗? 当然不是。他们去了美国的西海岸,并从那里坐船前往热带地区。1889 年 6 月,这家人(除了史蒂文森的母亲,她已回苏格兰)搭乘一艘双桅纵帆船来到了位于夏威夷和新

---

① 克莱尔・哈曼(Claire Harman),《罗伯特・路易斯・史蒂文森传》(*Robert Louis Stevenson, a Biography*),哈珀柯林斯出版社(HarperCollins),伦敦,2005 年,第 325 页。

西兰之间的萨摩亚群岛。

史蒂文森的身体状况仍十分不稳定,但他终于感受到了自由,也因为能不停地探索和发现而激动万分。

在英国,他青年时代的一些好友很震惊:他们想知道《化身博士》的作者到底去"原始人"的地界做什么;更让人遗憾的是,他在浪费自己的才华;他居然抛弃"真正的"主题,转而发表了一篇关于萨摩亚群岛的历史评论,还出版了一部以当地传奇故事为灵感的《南海故事集》(*South Sea Tales*)。他们在信中劝说这个叛逆者回到祖国,却在私下议论时"贬低他的新书"①,一谈到他,就会以一种充满优越感、透着种族歧视和自负的刻薄语气叹息:"他现在只写那些黑人了。"②

詹姆斯的态度——或者更应该说他的人性——却截然不同。很显然,看到逐渐走远的史蒂文森,他也和别人一样痛心。同样可以确定的是,詹姆斯对于友人做此选择的原因并不完全清楚。不过,他任何时候都没有责备或者评断过史蒂文森。他呼唤友人归来的方式,是喊出自己内心的不安:

我希望可以告知您国家时弊——我希望可以扫您的兴。

---

① 一位于 1888 年在伦敦短暂停留的美国出版人的证言,引自米歇尔·勒布里斯《文人友谊》,第 17 页。
② 同上,第 16 页。

［……］我永远属于您，亲爱的路易斯，哪怕被冷待也在所不惜……①

1889 年 3 月，史蒂文森从檀香山给詹姆斯去信，称他从未感觉如此之好，而且至少一年内不会回去。詹姆斯妥协了："如果再多一年时间能让您有所好转、不再生病，我会试着挺过这漫长而乏味的日子。"②

他只是在信中客套一下吗？不。为了更好地追随友人的探险之旅，詹姆斯"这样一个骨子里就是城市人的人，矢志成为太平洋事务专家"③。根据一位知情人的说法，若论他的水平，"在任何一个与萨摩亚有关的问题上都可以打满分十分"④。

这是因为，他虽然与友人相隔万里，但感觉未曾从伯恩茅斯与他分离："只是想着您，便能为我带来周围所有人都无法给予我的宝贵陪伴。在我看来，比起肯辛顿或切尔西的随便一个什么人的存在，身在萨摩亚的您的生活更能让伦敦变得熙攘热闹。"⑤

① 米歇尔·勒布里斯，《文人友谊》，同前引书，第 192 页（1888 年 7 月 31 日）。
② 同上，第 197 页（1889 年 4 月 29 日）。
③ 同上，第 13 页。
④ 史蒂文森的信，同上，第 264 页（1894 年 7 月 7 日）。
⑤ 同上，第 242 页（1893 年 2 月 17 日）。

*

"那女人身裹苏格兰格子花呢外套,穿着流苏裙,头戴饰有贝壳的大草帽,还围着一条巨大的红色围巾,背上斜挂着一把吉他,光脚踩着一双旧布鞋。还有两个男人,年纪较轻的那个二十来岁,身穿条纹睡衣裤,戴着蓝色眼镜,手拿一把班卓琴;另一个男人四十多岁,身着宽松的白色套装,头上那顶游艇帽格外显眼,帽檐压得很低,快要遮住耳朵了,他嘴里叼着烟,手上拿着照相机,赤脚在沙中前行。"①

这是一个定居萨摩亚的传教士所讲述的范妮、劳埃德和罗伯特·路易斯·史蒂文森于 1889 年 12 月来到乌波卢(Upolu)岛时的场景。至少可以看出,对于他们的到来,并不是无人察觉。史蒂文森历经艰难,终于远离了亨利·詹姆斯所在的那个文明世界。然而,萨摩亚虽然看起来像天堂,但实际上更像是个火药库。茂密丛林、椰子树、木槿树、芭蕉树,以及娇艳的兰花,都无法让人忘记这座名义上的独立群岛其实是美、英、德这三大殖民强国的角力场。除了三国争抢影响力的暗中拉锯战,当地还爆发了王位争夺战。史蒂文森不但没有远离这些是非,反而迫不及待地为一个造反派人物辩护,成了德国殖民者的眼中钉,他本人也曾在《泰晤士报》上揭露德国人的恶劣行径。如果不是因为英国外交大臣十分

① 引自鲁道夫·雅凯特(Rodolphe Jacquette)《图西塔拉或罗伯特·路易斯·史蒂文森的人生历险记》(*Tusitala ou la vie aventureuse de Robert Louis Stevenson*),塞热出版社(Seghers),巴黎,1980 年,第 208 页。

欣赏作家的作品，史蒂文森可能早就被当作捣乱分子驱逐出境了。不仅如此，他还深受萨摩亚人爱戴。他学习他们的语言，兴致勃勃地了解当地习俗，大家因此称他为"图西塔拉"（Tusitala），意为"讲故事的人"。

决心永久定居于此的史蒂文森于1890年在乌波卢购买了一大块土地：维利马（Vailima），"五河之地"。为开垦这一区域并将其改造为种植园，他不计成本地大动工程。这个过程并非一帆风顺、毫无波澜。出版商的钱款需要时间才能到账，而庄园的支出却远超其所带来的收入。史蒂文森和妻子只得省吃俭用："我们**经常**揭不开锅，来客可真算是倒了大霉。妻子和我曾经晚饭只吃一个鳄梨；有好几次，我的晚饭只有硬面包和洋葱。在吃不上饭的困难时期，您会拿一位客人怎么办？吃了他？还是端上一盘炖小孩？"[1]

历尽千辛万苦，他们的生活终于走上了正轨。一开始建造的小屋也越扩越大，变成了一座大房子，餐厅就有十八米长，此外还拥有壁炉和楼梯，这让岛民大开眼界。一部分家具还是在伯恩茅斯时的旧物，比如那幅汤玛斯·史蒂文森的画像和罗丹的一件雕塑，很可能还有那把"詹姆斯之椅"。

史蒂文森似乎找到了某种平衡，有亲人陪伴左右的他当起了大家长，每日生活在这杂乱而亲切的环境中：钢琴、班卓琴、古竖笛、吉他等乐器的声音，混合着萨摩亚人的歌声以及农场里各种动

---

[1] 米歇尔·勒布里斯，《文人友谊》，同前引书，第211页（1890年12月29日）。

物的叫声。

他向詹姆斯坦承："我应该直截了当地告诉您［……］，我觉得我再也没法回英国了，回去后我会死的。"①

*

两人之间的距离并没有为那场始于 1884 年的文学对决画上句号。他们持续跨洋通信，而在几乎所有这些信中，还是透着最初的某种对抗意味。比如，1887 年，史蒂文森在信中告知詹姆斯，他刚怀着钦佩之情读完了《罗德里克·赫德森》。两句恭维话之余，他突然提了一条建议："我能否请您在《罗德里克·赫德森》下次再版的时候，重读一下最后几个章节的清样并删去'巨大'和'非凡'？它们就像您口袋里的手帕一样被您丢弃在了那里。"②在这条建议之后，他出乎意料地来了个当头棒喝："我可能是受到了魔鬼的鼓动，不过我必须承认我无法忍受《一位女士的画像》。［……］太不入流了，先生，它配不上您。这可比它对我的影响更严重。它或许是您最中意的作品，但在我眼中它不配被您写出，也不配被我阅读。"③詹姆斯也不甘示弱，回复道："我敢说，您对我太不公平了！"④1891 年，当他读到史蒂文森描写南太平洋生活的诗集

---

① 米歇尔·勒布里斯，《文人友谊》，同前引书，第 208 页（1890 年 8 月）。
② 同上，第 179 页（1887 年 11 月）。
③ 同上，第 179 页。
④ 同上，第 180 页（1887 年 12 月 5 日）。

《歌谣集》(*Ballads*)时，也直言不讳地说："我不赞成您写这类诗。它们展示的是您的'技巧'而非您的才华。"①

这是出于记恨吗？恰恰相反。正是因为他们有着不同的见解，惊人的坦率才比长篇大论更能证明詹姆斯和史蒂文森是多么惺惺相惜。他们不会怀疑对方是在逢迎或是在说违心话。他们懂得恰当地理解批评：那是对彼此的信心，是对极致的追求。"甚至您的指责也让我高兴，您的保留意见也让我豁然开朗。"詹姆斯如此写道。②

说到底，对一位作家而言，身边有过从甚密的朋友对文学创作并无大益：如果这位朋友已有既定视角，如果他的赞赏唾手可得，如果他因害怕作家不悦而不再畅所欲言，那么他的一切言论都可能毫无价值。而史蒂文森和詹姆斯之所以能够互帮互助、互赶互超，恰是因为他们认为对方的严苛正是对自身的激励。他们彼此互为最好的判官：1890 年，在跨洋邮寄其新小说前，詹姆斯曾动情地表示，他不能"允许自己**不把**这本书交由那个唯一能够理解[……]其精妙之处的盎格鲁-撒克逊人做出评价"③。

*

幽默、默契和深深的依恋让这场对决多了些许温情，正因如

① 米歇尔·勒布里斯，《文人友谊》，同前引书，第 217 页（1887 年 1 月 12 日）。
② 同上，第 263 页（1893 年 12 月）。
③ 同上，第 205 页（1890 年 4 月 28 日）。

此,他们的通信才这般动人。可以说,读他们的信是一种幸福:字里行间全是生活,是情感,是互相想念、互相倾诉的快乐,甚至能听到他们的声音。

听闻史蒂文森一家在维利马缺粮少食,詹姆斯十分担心,在信中说自己"眼含泪水",然后试着打趣:无论发生什么,希望他的朋友"不要吞了"①妻子!他还说:"我真想让福南梅森(Fortnum & Mason)的一个伙计给您送一大条意式肉肠。"②

而史蒂文森在报纸上读到詹姆斯的小说时,用滑稽的语言表达了他对故事女主角的欣赏:

> 罗·路·史庄严宣誓
> 没有一个在世者比阿德拉更好:
> 我爱阿德拉和她的创作者。③

不妨先把这些信放一放,体味一下这活泼中透出的酸楚:史蒂文森的身体再无康复希望。1890 年,他在澳大利亚驻留期间曾几次大出血,住进了悉尼联盟俱乐部(Sydney United)疗养。但在写给友人的信中,他对这段经历闭口不提:"我来这里以后还没出过

---

① 米歇尔·勒布里斯,《文人友谊》,同前引书,第 221 页(1891 年 2 月 18 日)。
② 同上,第 218 页(1891 年 1 月 12 日)。
③ 同上,第 224 页(1891 年 10 月)。

门,房间十分漂亮,壁炉就在我旁边,我会读亨利·詹姆斯的书和信。"①和往常一样,史蒂文森喜欢说些引人发笑的话:"我被迫戒了烈酒和烟,我觉得自己正处于一种类似疯癫的过渡状态。[……]我可以肯定地告诉自己,我已来到伊甸园的门口,马上就要进去了,我可真不喜欢这大门的颜色。"②

*

1894 年 12 月 3 日,史蒂文森一直创作到中午时分,那是他的最后一部小说《赫米斯顿的韦尔》(*Weir of Hermiston*)。他来口述,范妮的女儿伊索贝尔执笔。午饭时间到,他们暂停工作。下午,他给伊索贝尔的儿子奥斯汀(Austin)上法语课。过了一会儿,大概晚上六点,他在帮妻子制作蛋黄酱时,手中的油瓶突然滑落。他晕倒了,然后艰难起身,瘫在了一把扶手椅上——是那把传说中的"詹姆斯之椅"吗? 有可能。③

医生赶来时已经无济于事了,这次脑出血两小时后,史蒂文森咽下了最后一口气,终年四十四岁。按照他的遗愿,他被安葬在俯

---

① 米歇尔·勒布里斯,《文人友谊》,同前引书,第 208 页(1890 年 8 月)。

② 同上,第 252 页(1893 年 6 月 17 日)。

③ 一个目击者称史蒂文森是"在他祖父的扶手椅上"去世的(引自鲁道夫·雅凯特《图西塔拉》,第 232 页)。而斯凯里沃尔那把"詹姆斯之椅"恰恰来自史蒂文森的祖父。正如这封 1885 年的信(米歇尔·勒布里斯,《文人友谊》,同前引书,第 122 页)所说:"让我们看看'詹姆斯之椅'被最与之匹配的人占据的样子。我自己从来没坐过那把椅子(虽然那是我祖父的座椅)。"

瞰着家宅的瓦埃阿山(mont Vaea)山顶,遗体由一队萨摩亚人抬着穿越丛林。

詹姆斯得知这一噩耗,大受震惊,称之为一场"冰崩"①。在信中,他给范妮写道:"如何向您表达世界对我来说有多么可怜和可悲[……]呢? 他的存在就是生命中最美好的事,或者说,他的存在让我们即使只是听人谈起他也能感受到他的陪伴,期盼他并将他视为至爱和生活的勇气,这就是生命中最美好的事。他照亮了半个世界,并以一己之力丰富了我们的想象王国。"②

---

① 致 E. 戈斯(E. Gosse)的信,引自米歇尔·勒布里斯《文人友谊》,第 13 页。
② 米歇尔·勒布里斯,《文人友谊》,同前引书,第 270 页(1894 年 12 月 26 日)。

7

戴冠幽灵

"去了电影院。买了不少东西。去车站接凯·曼——她的火车严重晚点。买了十来支百合，以及一些大花坛里种的那种红叶植物。"①

这是 1917 年 8 月 18 日，弗吉尼亚·伍尔夫第一次在日记中提到凯瑟琳·曼斯菲尔德。这看似漫不经心的出场充满魅力，又带着些许神秘，和曼斯菲尔德的形象如出一辙：认识她的人都说她是一个神秘、让人捉摸不透的女人，伍尔夫则称她是"一种猫，古怪、谨慎、善于观察"②。面对她，伍尔夫既深为佩服又感到局促，并且视她为唯一真正能够理解自己的人。

这是两个苦命人的相遇，更是两位伟大作家的相遇，她们有幸成为对手，为 20 世纪叙事艺术的重构做出了巨大贡献。

① 伍尔夫，《日记》(*Journal*)，C. M. 于埃(C. M. Huet)译，斯托克出版社(Stock)，巴黎，1981—1990 年，第 I 卷，第 98 页(1917 年 8 月 18 日)。
② 彼得罗·契塔替(Pietro Citati)，《女性画像》(*Portraits de femmes*)，B. 佩罗尔(B. Pérol)译，伽利玛出版社，巴黎，2001 年，第 247 页。

*

　　弗吉尼亚·伍尔夫在站台等凯瑟琳·曼斯菲尔德的那个时候,两人已相识数月。最初,她们只是工作关系:弗吉尼亚·伍尔夫和丈夫伦纳德(Leonard)刚刚成立了一个手工印刷出版社——霍加斯出版社(Hogarth Press),打算出版凯瑟琳·曼斯菲尔德的一部短篇小说。为了向曼斯菲尔德提出这一想法,夫妻俩邀请她到位于萨塞克斯(Sussex)乡间的别墅阿希姆(Asheham)小住了几日。这部短篇小说就是《序曲》(*Prelude*),于次年出版,弗吉尼亚·伍尔夫从1917年冬至1918年为它排了版,并亲自准备印版。她十分欣赏小说中"浓郁的生活气息"①。这部作品笔触细腻、观察敏锐,描写了一家人在搬家时经历的烦心事。

　　小说的作者此时还不太知道,伍尔夫内心已感觉到了她们的格格不入。

　　伍尔夫确实喜欢曼斯菲尔德作品中"绝妙的"对话描写。曼斯菲尔德也对"才华横溢"的伍尔夫印象深刻,被她深深吸引,还在1917年7月写道:"我太爱她了。"②但是,她们二人远非一见如故。伍尔夫觉得曼斯菲尔德"粗俗",甚至口无遮拦、言辞刻薄地写道:"她浑身发臭,就像一只走街串巷的麝猫。"在她看来,曼斯菲尔德

---

① 伍尔夫,《日记》,同前引书,第Ⅰ卷,第292页(1918年7月12日)。

② 致O. 莫雷尔(O. Morrell)的信,1917年7月,引自克莱尔·托马林(Claire Tomalin)《凯瑟琳·曼斯菲尔德:隐秘生活》(*Katherine Mansfield:A Secret Life*),企鹅图书,伦敦,1988年,第161页。

长得如此"平庸",以至于只有她的智慧"才会为她赢得友谊"。① 而
伍尔夫夫妇的附庸风雅也让曼斯菲尔德十分恼怒:"他们总是一副
高高在上的样子。"②

　　这也为她们之间这段极其特殊的关系奠定了基调。这是一种
不可能的关系,但在伍尔夫看来,却不得不发生:"我们两个都感觉
我们**必须**相遇。"③

*

　　凯瑟琳·曼斯菲尔德粗俗吗?

　　相反,从照片上看,她是个充满魅力、气质高雅的年轻人:身材
瘦小,面容清秀,棕色短发,还留着刘海,活像一个"日本娃娃"④。

　　不过,书香门第、贵族家庭出身的弗吉尼亚·伍尔夫,却没那
么容易放下自己的阶级观念。在她看来,凯瑟琳·曼斯菲尔德来
自另一个世界——新西兰,一个偏僻无名之地。曼斯菲尔德的父
亲即便贵为那里的国家银行行长,在伍尔夫眼中也只不过是个白
手起家、金钱至上的人罢了。

————————————

① 伍尔夫,《日记》,同前引书,第 I 卷,第 121 页(1917 年 10 月 11 日)。
② 致 J. M. 默里(J. M. Murry)的信,引自赫米奥娜·李(Hermione Lee)《弗吉
　尼亚·伍尔夫或内心冒险》(*Virginia Woolf ou l'aventure intérieure*),另类
　出版社(Autrement),巴黎,2000 年,第 515 页(1918 年 2 月)。
③ 致 V. 萨克维尔-韦斯特(V. Sackville-West)的信,见伍尔夫《书信集》
　(*Lettres*),瑟伊出版社,巴黎,1993 年,第 495 页(1931 年 8 月 8 日)。
④ 伍尔夫,《日记》,同上,第 III 卷,第 20 页(1923 年 1 月 16 日)。

还需要说明的是,按照弗吉尼亚·伍尔夫从小生活在其中的英国上流社会的准则,凯瑟琳·曼斯菲尔德可不是一个值得交往的人。刚满二十岁,她就得到父母的许可,离开新西兰,独自前往英国生活。一年后的 1909 年,她嫁给了一个才认识三周的男人。结婚第二天,她便将他抛弃,另觅新欢。她的母亲非常惊愕,漂洋过海来伦敦见她,誓要重新掌控局面;当发现她有孕在身后,她的母亲强制将她送往德国一家疗养院,并告诫她家丑不可外扬。不久后,她流产了,又回到伦敦,并于 1911 年开始了同记者兼出版人约翰·米德尔顿·默里(John Middleton Murry)的恋情。1918 年,终于等到同第一任丈夫离婚的宣判后,她与默里成婚。她拥有众多情人,也从不掩饰自己的双性恋倾向。

这一切对于弗吉尼亚·伍尔夫来说,简直混乱不堪,不可容忍。我们知道,伍尔夫其人与性的关系十分复杂,年轻时被性侵的可怕经历、与丈夫说不清的关系,以及尚未明确表现出的对女性的兴趣,让那时的她对肉体之爱充满怀疑,甚至感到恐惧。面对曼斯菲尔德,伍尔夫虽不由感觉受到冒犯,却也为她着迷:曼斯菲尔德是一个敢作敢为的女人,她不畏惧困难和阻碍,不介意经济拮据(她父亲只给她微薄的生活费),尤其不在乎世俗的眼光。

实际上,生活极其规律乃至有些无聊的弗吉尼亚·伍尔夫(知道她精神容易崩溃的丈夫认为任何风吹草动都会有损她内心的平衡)十分羡慕凯瑟琳·曼斯菲尔德拥有自己所没有的东西:"她那时常与妓女们来往,诸如此类,而我呢,我却总是体面而可敬——

126

我认为那个时候,这正是我所缺少的。"①

*

二人的所有差异,包括交往之初的种种嫌隙,也让日后她们之间的紧密联结更加令人惊讶,令人回味无穷。

她们每次相见,奇迹都会出现。比如弗吉尼亚·伍尔夫到凯瑟琳·曼斯菲尔德位于汉普斯特德(Hampstead)的家中喝茶的这一次,她们聊文学,谈写作,度过了"极其宝贵的对谈时光"②。她们在一起无话不谈,完全没有距离感;她们很快便找到了谈论各自所关注的问题的方式。凯瑟琳·曼斯菲尔德写道:"您是唯一一位让我有意愿谈论我的工作的女性,再也不会有其他人。"③弗吉尼亚·伍尔夫则说她们之间有一种"非同寻常的全然默契"④,甚至到了令她不安的程度:"她让我感觉到了一种非常奇特的回音,那是她的思想在我话音落下的那一秒发回给我的。"⑤

这确实是危险的默契。凯瑟琳·曼斯菲尔德和伍尔夫不同,她没有写过长篇小说,不过她们的作品有着深刻的相似性。二人

---

① 致 V. 萨克维尔-韦斯特的信,见伍尔夫《书信集》,同前引书,第 495 页(1931 年 8 月 8 日)。
② 伍尔夫,《日记》,同前引书,第 II 卷,第 211 页(1920 年 6 月 5 日)。
③ 引自信件,见赫米奥娜·李《弗吉尼亚·伍尔夫或内心冒险》,同前引书,第 525 页(1920 年 12 月 27 日)。
④ 伍尔夫,《日记》,同上,第 I 卷,第 265 页(1918 年 5 月 28 日)。
⑤ 同上,第 II 卷,第 237 页(1920 年 8 月 25 日)。

均精于短篇小说之道,探索深化小说人物心理描写的创新方式,致力于捕捉意识的波动,重视生活中的细微感触和宏大悲剧。她们作品的某些段落是如此相近,以至于会被混淆——这在很大程度上是因为她们互相影响。

她们之间免不了存在某种竞争关系。霍加斯出版社刚刚出版《序曲》,弗吉尼亚·伍尔夫就在1918年向姐姐瓦妮莎(Vanessa)坦言自己十分"眼红";两年后,她承认"凯瑟琳的短篇小说总会让(她)咬牙切齿"①。同年,她更是明明白白地写道:"从我内心深处来讲,我应该还是觉得她有点才华,因为听到别人贬低她,我会很得意。"②

凯瑟琳·曼斯菲尔德也不甘示弱。在《泰晤士报文学增刊》上读到弗吉尼亚的第二部长篇小说,即对世纪之初的女性境况进行精妙而有趣的描写的《夜与日》(*Night and Day*)出版的消息后,她酸溜溜地说:"我以为它会被誉为一部杰作,她会乘坐彩车绕着戈登广场(Gordon Square)巡游。"③不过读完这部小说后,她在给丈夫的一封信中,用一个词给作品判了死刑:"无——聊。"④

---

① 伍尔夫,《日记》,同前引书,第 II 卷,第 222 页(1920 年 7 月 6 日)。

② 同上,第 II 卷,第 263 页(1920 年 12 月 12 日)。

③ 致 O. 莫雷尔的信,引自赫米奥娜·李《弗吉尼亚·伍尔夫或内心冒险》,同前引书,第 522 页(1919 年 8 月 21 日)。

④ 《凯瑟琳·曼斯菲尔德致约翰·米德尔顿·默里的书信》(*Lettres de Katherine Mansfield à J. Middleton Murry*),A. 马赛尔(A. Marcel)译,斯托克出版社,巴黎,1954—1957 年,第 II 卷,第 222 页(1918 年 11 月 13 日)。

*

应该说，这样的怨恨让人有些悲伤。不过，弗吉尼亚·伍尔夫之所以表现得有些刻薄，首先是因为她总觉得自己只是一个"失败的作家"，充满自我怀疑和焦虑。而亦敌亦友的曼斯菲尔德的所谓成就让极度厌恶自我的伍尔夫再次陷入阴暗和痛苦的深渊。

至于凯瑟琳·曼斯菲尔德，她忌妒自己这位朋友的生活也确实无可厚非。身患结核病的她，从 1919 年起被迫过上了让她难以忍受的几点一线的生活：每年，她都得放下一切，去往意大利、法国芒通（Menton）或瑞士，因为那些地方温和的气候有益于她的健康。客居他乡之时，她会竭尽所能地写小说，并为报纸和期刊撰写评论文章，以此赚取微薄的收入，但更是为了趁着自己尚有能力时持续创作。

除了忍受对死亡的恐惧和身体上的痛苦外，她内心还有严重的被遗弃感：她写了一封又一封令人心碎的信给丈夫默里，但在伦敦一家报社担任主编的默里却因工作缠身而鲜少与她团聚。终于能理解她为什么会时不时拿自己悲惨的命运和"有房可住、财产无忧、丈夫随叫随到"的弗吉尼亚·伍尔夫的命运进行比较了："我是多么羡慕弗吉尼亚！怪不得她能写得那么好！"[1]

———————

[1] 致 J. M. 默里的信，1919 年 11 月，引自安吉拉·史密斯（Angela Smith）《弗吉尼亚·伍尔夫和凯瑟琳·曼斯菲尔德：二人成众》（*Katherine Mansfield and Virginia Woolf：A Public of Two*），克拉伦登出版社，伦敦，1999 年，第 36 页。

*

1918 年 12 月。弗吉尼亚·伍尔夫准备离开伦敦几天，她给凯瑟琳·曼斯菲尔德寄去了一些圣诞小礼物，并称自己一回来就会登门拜访。她没有收到任何回复，既无感谢也无音信。一次偶遇默里，她有些不悦地问他，自己前去拜访会不会让凯瑟琳感到高兴？默里向她保证肯定会，他们还约定 2 月见面。到了那一天，她接到电话：曼斯菲尔德过于疲惫，无法接待她，见面要推迟了。

弗吉尼亚·伍尔夫大怒：很明显，凯瑟琳不讲礼貌，甚至忘恩负义。"我现在非常怀疑是否有权将她当成我的朋友。"她在日记中如此写道。[1] 三天后，一封信终于姗姗来迟：凯瑟琳·曼斯菲尔德向她道歉，解释说她正在尝试一种新的疗法，每次打完针都会发烧，只得卧床。

再次打开日记本的弗吉尼亚·伍尔夫也承认自己前些天的火发得"有些牵强"[2]。显然，凯瑟琳·曼斯菲尔德的沉默之中含有恶意的成分，伍尔夫也确实没有看出她急于怀疑、责备的这位朋友到底处于何等疲惫、忧伤、痛苦的状态。

伍尔夫之所以没看出来——"可能我是个乡巴佬，觉得回信非常有必要"[3]，首先是因为，她极度需要被爱。对她而言，没有比一段扑朔迷离或不甚稳定的关系更让她忧虑的事了。而和曼斯菲尔

---

① 伍尔夫，《日记》，同前引书，第 II 卷，第 26 页(1919 年 2 月 18 日)。
② 同上，第 II 卷，第 28 页(1919 年 2 月 21 日)。
③ 同上，第 II 卷，第 50 页(1919 年 3 月 22 日)。

德在一起,她明显感觉到这份友谊"几乎完全构建在流沙之上"①。她最厌恶的莫过于这种游移不定。从这个角度看,对方是否遇到困难或阻碍都不重要,她自身的苦恼才是她首要考虑的因素。

*

1920 年 5 月 28 日,汉普斯特德,东希思街(East Heath Road)17 号。弗吉尼亚·伍尔夫站在这栋被她称为"大象"的高得"可怕的房子"②前,这里住着默里夫妇和他们的三只猫。凯瑟琳·曼斯菲尔德此前刚结束在地中海沿岸的长居生活。两位密友从 1919年 7 月起就再没见过。

对于这次重见,弗吉尼亚·伍尔夫有些害怕。两天前收到的那封请柬在她看来"生硬而客套"。在她内心深处,还有一道无法愈合的伤痕:几个月前的 11 月,曼斯菲尔德在一份报纸上发表了一篇关于伍尔夫第二部长篇小说《夜与日》的书评,措辞严厉,称那是一部过时的作品,能读出"简·奥斯汀"的味道。

踏入房门之后,她的害怕似乎得到了证实:凯瑟琳对她十分冷淡,见到她也没有表现出"任何喜悦或任何感情"。但很快,这种感觉就消失了。寒暄之后,便开始了一场真正热情洋溢的谈话。伍尔夫称:"我们再次恢复了默契,找回了我们之间一贯的舒适感,好

① 伍尔夫,《日记》,同前引书,第 II 卷,第 27 页(1919 年 2 月 18 日)。
② 同上,第 I 卷,第 368 页(1918 年 11 月 9 日)。

像过去的这八个月只有几分钟那么短。"[1]

这时,默里进来了。伍尔夫不喜欢曼斯菲尔德的丈夫,觉得他粗俗而虚伪,是一个"小丑",一个"模仿拜伦的小人"[2]。他手里拿着两座蓝粉相间的德累斯顿瓷质烛台,把它们递给自己的妻子,显然也是想在来宾面前炫耀一番。凯瑟琳·曼斯菲尔德道了谢:"你真是太好了! 快去找蜡烛吧。"默里前脚刚离开,她便转向客人说道,"弗吉尼亚,他可太烦了,我能说什么呢? 为了这东西,他花了五英镑。"她打开了知心话的话匣子,开始讲她丈夫刚创作的诗体悲剧。"你说烦不烦?"突然,她们不说话了,因为默里拿着蜡烛回来了。她们俩立刻切换话题:阿道司·赫胥黎(Aldous Huxley)很适合……

默里终于厌倦了,不再一直举着蜡烛。重回二人世界的两位闺蜜,又开始谈论她们最爱的话题:写作。曼斯菲尔德说自己是多么欣赏伍尔夫的短篇小说。伍尔夫有些无措,也有些诧异:《夜与日》难道不正证明了自己的一无是处吗?"一部惊人的作品",凯瑟琳用神秘的口吻低声说。

一周后,她们相约共进晚餐。凯瑟琳·曼斯菲尔德又展开讲

---

[1] 伍尔夫,《日记》,同前引书,第 II 卷,第 209 页(1920 年 5 月 31 日)。下文大部分引用均出自本页。

[2] 致 J. 凯斯(J. Case)的信,见《书信集》,同前引书,第 217 页(1922 年 3 月 20 日)。

了她的想法,高度赞扬了《夜与日》,并认为它属于"一流"①之列。弗吉尼亚·伍尔夫不知为何会出现这一反转,但她十分享受这一刻。她再次感觉到,她和凯瑟琳在思想上是完美契合的。"和她之间的这段零碎、断续的关系,在我看来比其他更稳固的关系都要重要。"②

*

凯瑟琳·曼斯菲尔德的身体每况愈下,她需要再去一趟南方。弗吉尼亚意识到,要趁着还有时间,把握友人还在身边的日子。两位作家在 1920 年共度的那段日子,是她们经历得最为平静的时光。

后来,当伍尔夫回忆起这段时光时,那些瞬间和画面仍历历在目:穿着短裙的凯瑟琳从写作桌旁起身相迎,然后躺在窗边的长沙发上;她们一经缠绕便再不能移开的目光;友人的病容,以及"忠诚而忧伤"③的神情。

凯瑟琳要在国外待两年——太久了。到了离别的时候。或许因为预感到此后将要发生的事,凯瑟琳动情地许诺"永远、永远不忘"二人的友谊。她们"四目对视",不断重复着这句话。④

---

① 伍尔夫,《日记》,同前引书,第 II 卷,第 211 页(1920 年 6 月 5 日)。
② 同上,第 II 卷,第 212 页。
③ 同上,第 III 卷,第 20 页(1923 年 1 月 16 日)。
④ 同上。

*

这次离别是对二人关系的一记重击。1920 年末,媒体对凯瑟琳·曼斯菲尔德新作品的赞誉直击弗吉尼亚·伍尔夫内心的痛处。友人已经离开,再没什么可以平息伍尔夫的妒忌情绪了。她感到体内生长着一种她称之为"小荨麻"[①]的东西;她在写给对方的信中加倍表现出温情,试图通过这种方式"把它拔除",但无济于事。当有人在她面前批评曼斯菲尔德的作品时,她不可自抑地感到痛快;而当听到溢美之词时,则会气恼地在日记中写下"凯·曼[……]节节胜利"[②]。

如果她们可以保持通信往来,那么这种妒忌情绪或许还能够得到缓解。但凯瑟琳和几个月前那次一样,似乎再次保持了沉默。1921 年 2 月,弗吉尼亚·伍尔夫在伦敦遇到默里,跟他打听了消息,这才知道凯瑟琳·曼斯菲尔德状态不佳,一个人在芒通与世隔绝。颇受触动的弗吉尼亚·伍尔夫希望再给这位朋友一次机会,于是给她写了一封动人的、带着她们之间特有默契的长信,信中满是闲言碎语,但也不乏模棱两可的话。妒忌的情绪被裹上了幽默的外衣:弗吉尼亚讲述道,某天在一次会议上,一位观众斥责现代主义文学,小说家福斯特(E. M. Forster)对此感到愤怒,反驳称《序曲》和伍尔夫的第一部长篇小说《远航》(*The Voyage Out*)是两部绝对的杰作。弗吉尼亚打趣道:"我对自己说,'这个凯瑟琳见鬼去

---

① 伍尔夫,《日记》,同前引书,第 II 卷,第 266 页(1920 年 12 月 19 日)。
② 同上,第 II 卷,第 277 页(1921 年 1 月 25 日)。

吧！为什么我不是唯一会写作的女人？'"①

她最后说："拜托了，凯瑟琳，我们写信吧。"

凯瑟琳没有回复。

这一次，弗吉尼亚彻底生气了，没有再原谅她。1922年夏，曼斯菲尔德回到伦敦停留了几周，伍尔夫却无动于衷，不再写信，也没有去和她见面，跟她断了联系。

*

1923年1月10日，上午。弗吉尼亚·伍尔夫正在房间吃早餐，厨师内利（Nelly）突然闯入："默里太太去世了！报上写的！"②凯瑟琳·曼斯菲尔德于前一天在枫丹白露的一家医院（她于1922年秋住进这里）去世，终年三十四岁。

这一刻，伍尔夫虽然深受打击和震动，却依然能够保持自我分析的能力，拒绝自欺欺人："我的这种感觉——到底是什么呢？一种突然的解脱？少了一个对手？而后是因为发现内心几无波澜而感到的一丝困惑。渐渐地，又有一种空虚，一种失望；最后是一种我一整天都无法摆脱的惶恐。当我投入工作的时候，写作对我而言似乎已没有任何意义。凯瑟琳读不到我的作品了，她再也不是我的对手了。"③

———————————

① 伍尔夫，《书信集》，同前引书，第201页（1921年2月13日）。
② 伍尔夫，《日记》，同前引书，第Ⅲ卷，第19页（1923年1月16日）。
③ 同上。

还在妒忌。弗吉尼亚·伍尔夫再也没能摆脱这种情绪。1924年10月,刚刚完成代表作《达洛维夫人》(*Mrs. Dalloway*)的伍尔夫仍然觉得需要和已故友人一决高下:"如果她还活着,她会继续写作,大家也会看到我是更有天赋的那一个。"①

这种妒忌情绪"一点也不光彩"②,伍尔夫对此心知肚明,但它却是极度迷恋、极度爱慕的另一面。伍尔夫因为"知道她躺在枫丹白露"③而深受打击,关于友人的记忆在她心头挥之不去。那些亦幻亦真的画面浮现在眼前,既像回忆,又似梦境:"凯瑟琳正在戴一顶白色的冠冕,别处有人叫她,她便离我们而去,瞬间威严无比,成了天选之人。而我却十分怜悯她。这冠冕实则冰冷如霜,我觉得她只是不情不愿地戴上罢了。"④

圣母的星冠?胜利诗人的桂冠?1925年出现在弗吉尼亚·伍尔夫梦中的那个"模模糊糊、眼神坚定、面带讥笑的幽灵"⑤,总是戴着一顶冠冕。

1931年,凯瑟琳·曼斯菲尔德逝世九年后,伍尔夫依然梦想着一场超越死亡的和解:"我们在另一个世界相见;我们握手言和,重修旧好。"⑥

————————

① 伍尔夫,《日记》,同前引书,第 III 卷,第 150 页(1924 年 10 月 17 日)。
② 同上。
③ 同上。
④ 同上,第 III 卷,第 19 页(1923 年 1 月 16 日)。
⑤ 同上,第 III 卷,第 236 页(1925 年 12 月 7 日)。
⑥ 同上,第 V 卷,第 54 页(1931 年 6 月 8 日)。

8

潜藏的爱情

"先生，有个孩子找您，一个拿着手杖的孩子。"①

　　让·科克托母亲的家佣西普里安(Cyprien)如此向科克托通报雷蒙·拉迪盖的到来，也让这一表达方式成了经典。

　　这是 1919 年的一天，拉迪盖顶多十六岁。但是，如果因此认为他是一个羞怯的人，那可就错了。这个面容严肃、眉毛浓乱、头发疏于打理、目光滚烫[阿拉贡(Aragon)称之为"谋杀犯的眼神"]的少年，已与莫迪利亚尼(Modigliani)、马克斯·雅各布(Max Jacob)等艺术名流往来密切。虽说这是他第一次来到科克托位于安茹街(Rue d'Anjou)的家中，但他已经在一次阿波利奈尔诗歌的公开朗诵会上见过这位作家了。

　　科克托像对待其他访客一样，在自己房间内接待了他。做着

---

① 玛丽-克里斯蒂娜·莫维亚(Marie-Christine Movilliat)，《雷蒙·拉迪盖，或矛盾青年》(*Raymond Radiguet, ou la jeunesse contredite*)，书现出版社(Bibliophane)，巴黎，2000 年，第 168 页。

鬼脸、步履跳跃①的拉迪盖递给科克托一封马克斯·雅各布署名的推荐信,接着从口袋里掏出"学校作业本的纸揉成的纸团","用手掌把它们抹平"②,然后把它们贴在眼前——他近视得厉害,边卷烟边读了几首诗。

科克托年近三十。业已成名的他,虽在不懈探索新的艺术表达方式,但在社交圈的名声却比在文坛的名声要响亮得多。拉迪盖则早熟得惊人,已在数本先锋杂志上发表过诗歌,引起了内行的注意。

他们的气质截然不同。科克托的审美精致,纯粹是巴黎上层资产阶级的派头。他醉心社交、晚宴和聊天,在这些场合毫无顾忌地沉浸在"词语的沉醉"③中,成为万人瞩目的焦点,收获了许许多多艳羡的目光。拉迪盖则出身于圣莫尔(Saint-Maur)一户并不富裕的家庭,生性沉默的他有时却十分好斗——很难描述他是一个怎样的人。如果说善于变通的科克托想要取悦所有人的话,那么拉迪盖则像一块无动于衷的石头,不动声色。或许他这是在保护自己,但这种为人处世的方式让他的"孤僻"声名在外,一生都未能彻底洗脱。

---

① 科克托,《存在之难》(*La Difficulté d'être*),莫里昂出版社(Morihien),巴黎,1947 年,第 33 页。(此处采用刘焰译本,见华东师范大学出版社 2005 年版。后文中涉及此书的内容均照此处理。——译注)

② 同上。

③ 同上,第 20 页。

科克托像是着了魔。他已预感到眼前的这个人是一位才华横溢的作家，更是一个将要在世界上崭露头角的年轻男孩。这个世界，不是拉迪盖业已频繁接触的蒙帕纳斯（Montparnasse）波西米亚的社交世界，而是**他的**世界——一个让艺术家们魂牵梦萦的上层资产阶级世界。

＊

　　几个月后，经过夏天的书信往来，科克托和拉迪盖已难舍难分。拉迪盖长时间待在这位前辈的家中，坐在他的书桌前或躺在他的床上，拿着一本书看。另一边，科克托也在认真考虑把家搬到马恩河边的圣莫尔附近，离自己的小友近一些。不过眼下，他只能托人给拉迪盖的家人送些果酱和糖渍水果。

　　拉迪盖的父亲暗自思忖：这位对其同性恋身份不加掩饰的男人究竟是何意图？当碰巧看到一张关于旅馆会面的便条后，他向科克托讨要说法。[①] 诗人称自己和年轻人之间除了纯粹的欣赏之外不存在其他关系，还向这位父亲提出要当他儿子的保护人。

　　他们曾是情人吗？对此，二人均任由评说。科克托的诗中留下过一些蛛丝马迹：他曾在一些诗作中赞美熟睡中的拉迪盖那美妙的身体。说到底，虽然这是个再恰切不过的问题，但答案却无人真正知晓。事实是，科克托并未像对待他的众多情人一样对待拉

---

① 克洛德·阿尔诺（Claude Arnaud），《让·科克托》（*Jean Cocteau*），伽利玛出版社，巴黎，2003 年，第 217—218 页。

迪盖:他从未叫过他的名,从未和他以"你"相称,从未画过他的裸体。①

总之,科克托和拉迪盖让所有的差异、限制和条条框框彻底消弭:他们相爱且互为挚友。科克托后来说,友谊不过是一种"潜藏的爱情"②。

*

科克托将拉迪盖带入了他那放荡不羁的世界,认识了他的那群文朋雅友:让·雨果(Jean Hugo)、瓦伦丁·雨果(Valentine Hugo)、艾蒂安·德·博蒙伯爵(Étienne de Beaumont)、米西亚·塞尔特(Misia Sert)、弗朗西斯·普朗克(Francis Poulenc)以及保罗·莫朗(Paul Morand)。两年间,招待会、跳舞晚会和假面舞会一场接着一场。作为名副其实的"巴黎王子",科克托一手张罗了这些乐事。在他身边,大家畅快痛饮,十分幼稚地赛诗,比拼谁的画作更惊世骇俗。在一次为斯特拉文斯基(Stravinsky)的芭蕾舞剧《普尔钦奈拉》(Pulcinella)的首演而举办的盛大庆祝活动中,过于热烈的气氛最终触发了一场持续三小时的枕头大战。③

---

① 克洛德·阿尔诺,《让·科克托》,同前引书,第 220 页。
② 科克托,《存在之难》,同前引书,第 84 页。
③ 克洛艾·拉迪盖(Chloé Radiguet)、于连·桑德尔(Julien Cendres),《雷蒙·拉迪盖:疯狂年代中的严肃青年》(*Raymond Radiguet:un jeune homme sérieux dans les années folles*),一千零一夜出版社(Mille et Une Nuits),巴黎,2003 年,第 62 页。

拉迪盖呢？他一直在那里，就在那里，亦步亦趋地追随着他那位才华横溢的朋友：那可是他的引路人，有时还是他的敲门砖——科克托曾凭借自己的关系帮助拉迪盖敲开了美人鱼出版社（La Sirène）的大门。他学得很快，首先学会的是优雅，他学会了穿礼服，佩戴手套、丝巾和单片眼镜；接着，他掌握了道歉或感谢短笺的写作技巧；最后，他学会了坚持不懈。年轻的他无心写作时，科克托总会教导他、鼓励他，甚至请他参与到自己的工作中来。《埃菲尔铁塔上的新郎和新娘》（*Mariés de la tour Eiffel*）便是以这种方式写就的。

＊

在文人友谊这个问题上，两位作家以如此持续的方式相互影响的例子并不常见。歌德和席勒相遇时，各自的审美观已经形成，福楼拜和乔治·桑也是一样；在另一些人那里，影响倒是存在，只不过非常零星，仅仅体现在某几篇文章之中。

科克托和拉迪盖则不同。他们在相遇时，都尚在寻找各自真正的"风格"。拉迪盖写的诗歌完全不同于他后来的小说；科克托虽有一部不容忽视的作品在手，但也因拥有多种选择而无法下定决心。他们将以并肩携手、相互影响的方式找到各自的道路。

首先便是远离达达运动。率先决定切断联系的是拉迪盖，在这一点上，他比他的朋友更加果敢。在这位受自己保护的年轻人及其比自己更深厚的古典素养的巨大影响之下，科克托最终也选择了"断交"。拉迪盖还督促科克托重拾古典主义,采取一种"非同寻常的惊人的全新"态度,"像所有人一样"写作。另一边,科克托请拉迪盖简化诗作,耕耘小说作品。[1]

这种并行的发展并未同化他们的才能,相反,在共同创作的过程中,他们各自的独特之处都得到了深化。即便他们在某些主题上互有借鉴,那也是为了依照自身的敏感度对此进行化用。科克托写道:"我把诗言死亡这一嗜好给了宝贝,他则把失当这一嗜好给了我。"[2]

无论如何,这种互为师父和弟子的"随时交流"[3],对二人而言均不可或缺。拉迪盖从未想过否认这一点:正是得益于科克托,他才成了一名作家。科克托也称自己永远都"欠着拉迪盖的情"[4]。

*

这种共同影响,需要时间、平静、专注和工作才能结出硕果,而这些恰恰是灯红酒绿的巴黎无法给予这对朋友的东西。一旦发现拉迪盖的注意力过于分散,科克托就会采取同一种解决办法:远离

---

[1] 克洛德·阿尔诺,《让·科克托》,同前引书,第264页。

[2] 致瓦伦丁·雨果的信,见科克托与让·雨果的《通信集》(*Correspondance*),20世纪研究中心(Centre d'étude du XXᵉ siècle),蒙彼利埃,1995年,第71页(1921年3月29日)。

[3] 科克托,《存在之难》,同前引书,第34页。

[4] 科克托,《致母亲的信》(*Lettres à sa mère*),伽利玛出版社,巴黎,第 II 卷,2007年,第111页(1921年7月26日)。

一切,躲至海边,到阿卡雄湾(Bassin d'Arcachon)的皮凯村(Piquey)或地中海沿岸去。

清静的氛围、沿海地区的怡人风景、阳光、沙滩日光浴以及在旅馆的阅读时光,让他们二人脱胎换骨。科克托感到如获新生:困扰许久的多种慢性病奇迹般地消失了,他的注意力变得更容易集中,能够持续阅读拉迪盖建议的拉法耶特夫人、福楼拜、巴尔扎克或贡斯当等人的作品了。更重要的是,他能享受朋友的陪伴了,再也不用担心受到熟人的排挤。对于拉迪盖而言,有酗酒倾向的他远离了酒吧的不良诱惑,能在轻松的氛围中专注地工作,他开始早起早睡,游泳,晒太阳,在皮凯的金合欢树下和卡尔凯拉讷(Carqueiranne)的桉树林中漫步。

当然,他还写作。这段名义上的假期其实并非假期,他们二人均借此机会构思了新的作品,尤其是科克托的伟大诗作《清唱》(*Plain-Chant*),以及拉迪盖 1921 年始作于皮凯的《魔鬼附身》(*Le Diable au corps*)。

*

这是一段甜蜜的时光吗?"当(宝贝)长时间吮吸麦芽糖棒并在尖端狠狠用力时,我的心就会被刺痛。"[①]科克托非常担心,似乎

[①] 致 G. 奥里克(G. Auric)的信,1920 年 7 月 29 日,引自莫妮克·内麦尔(Monique Nemer)《雷蒙·拉迪盖》(*Raymond Radiguet*),法亚尔出版社,巴黎,2002 年,第 220 页。

他每时每刻都感觉自己遭到了背叛。这是因为,面对眼前这个对"保护人"身份过于上心的伙伴,拉迪盖正在酝酿一场无声的反抗,他这么做是完全可以理解的。1922年1月10日,得名于科克托剧作的"屋顶上的牛"酒吧(Le Bœuf sur le Toit)即将开业之际,拉迪盖从欢迎会上离席,和雕塑家布朗库西(Brancusi)一起去了科西嘉岛。他回来后,科克托当众对他的年轻人大发雷霆,让所有在场者印象深刻。

在科克托看来,有件事更严重,那就是,拉迪盖不断俘获佳人的芳心,从瑞典的托拉·德·达代尔(Thora de Dardel)到英国的玛丽·比尔博姆(Mary Beerbohm)和比阿特丽斯·黑斯廷斯(Beatrice Hastings)。妒火中烧的科克托怒骂:"宝贝心术不正,他爱上了女人!"[1]令他感到安慰的是,这些人中没有一个能带给拉迪盖足够大的影响,让他永久地远离自己。

*

1922年夏,奇迹再次发生。科克托带拉迪盖来到瓦尔省(Var)的勒拉旺杜(Le Lavandou)。在这人间天堂般的地方,他们孜孜不倦,埋头工作。灵感总是波动不定的科克托,轻易投入了《骗子托马》(Thomas l'imposteur)的写作中,拉迪盖则继续创作数月前开始动笔的《德·奥热尔伯爵的舞会》(Le Bal du comte d'Orgel)。

---

① 海明威称这些话出自科克托之口。见《死在午后》,R. 多马尔(R. Daumal)译,伽利玛出版社,巴黎,1938年,第114页。

时间紧迫，《魔鬼附身》的手稿已被格拉塞出版社（Grasset）接受，离成功仅剩一步之遥，现在就等梦想成真了。

工作间隙，他们会和到访的两三个好友休闲小憩，充分享受沙滩、阳光和龙虾。气氛非常融洽，二人穿着特意定做的同款蓝色渔夫衫，看起来默契十足。

此行即将结束时，科克托在致母亲的信中写道："我和那个沉默的家伙共处一室，他工作，我工作；他吃饭，我吃饭；他睡觉，我睡觉——我们说的话不超过十句。"①

工作第一，二人世界次之。拉迪盖校阅友人的作品，并给予应有的赞赏；科克托有时会抄写伙伴的手稿。他对《伯爵的舞会》大加赞叹："如果说我有一点点傲慢的话，那么拉迪盖的小说则会打压我的这种气焰。[……]未来将会为其加冕，奉其为我们文学史上的一大瑰宝。"②

1922年11月，巴黎再次虏获了拉迪盖。他从一个极端走向另一个极端，很快放弃了工作的习惯，投身到新的放纵行为当中。他的所作所为愈发过火，甚至差点因服用大剂量鸦片酊而丢了性命。

感到无力的科克托在悲痛中病倒了。勒拉旺杜的天堂早已遥不可及。

---

① 科克托，《致母亲的信》，同前引书，第205页（1922年10月6日）。
② 同上，第217页（1922年10月27日）。

*

让·科克托对拉迪盖的主要作品《魔鬼附身》给予了大力支持。他不仅在这部作品的不同创作阶段校阅书稿,据称还毫不犹豫地把拉迪盖"关在"旅馆房间里,强迫他心无旁骛地推进工作;①他甚至还曾把他不甚满意的篇章付之一炬,迫使拉迪盖重写!② ——不过这种传闻也未免太异想天开了!

1923 年,这部小说一经出版便大获成功。这得益于格拉塞出版社的卖力宣传(连火车站书报亭都在销售这本书),但也与围绕着这部作品的丑闻密不可分。人们议论纷纷,认为作者只是以自己的生活为蓝本,讲述了这个发生在一个少年与一个前线士兵的妻子之间的婚外情。退伍军人协会对此表示强烈抗议。拉迪盖的表现则让人觉得他并未把攻击放在眼里,甚至还将此视为对自己的欣赏。书店橱窗内贴满了他的照片,外国报刊上也写满了他的名字。即便如此,拉迪盖想的还是这本书中可能出现的疏漏,以及(尤其是)他的下一部作品。对于拉迪盖的此番遭遇,科克托似乎比拉迪盖还要感到骄傲。

朋友获得的赞美让科克托大喜。为进一步扩大《魔鬼附身》的影响,他奔走呼号,不遗余力。很可能正是得益于科克托的影响,拉迪盖才获得了"新世界奖"(Prix du Nouveau Monde)。在法兰西公学院的一场讲座中,科克托曾公开尊拉迪盖为师。二人的境况

---

① 克洛德·阿尔诺,《让·科克托》,同前引书,第 288 页。
② 同上,第 265 页。

似乎发生了转换：此前一直受前辈保护的后生，倒像是开始为对方指点通往成功的康庄大道。

实际上，科克托正深受恐惧的折磨。

他害怕已跻身大师之列的拉迪盖不再需要自己，于是拼命证明他对拉迪盖而言不可或缺，他与拉迪盖的传奇定然密不可分。

他不确定这位天才少年是否对此表示赞同。

*

1923 年 4 月 21 日，《魔鬼附身》刚出版不久，在瓦伦丁·雨果和让·雨果夫妇家的一次晚间聚会上，科克托、拉迪盖和他们的共同好友乔治·奥里克（Georges Auric）以及雨果夫妇围坐在一张黑色独脚小圆桌旁。他们把胳膊放在桌子上，手牵着手，沉默不语：他们希望用让·雨果的曾祖父维克多·雨果曾经用过的方法，让桌子转动，向神灵问话。最初的几个答案并无火花，但很快，神灵给出了一句似乎尤其针对拉迪盖的话："苦难与天才共成长。"一周后，新一次通灵会上，拉迪盖又一次成了训告的对象："我还要说你快一点时光流逝荣耀甚至在死中也不会取代爱而我即是死。"① 这张桌子说话的口气与让·科克托的风格极为相近，不过这不幸的预言让在场的人十分扫兴，他们决定再也不搞通灵体验了。

---

① 克洛德·阿尔诺，《让·科克托》，同前引书，第 293 页。

两个月后,1923 年 6 月的一个清晨,有人发现拉迪盖在蒙苏里公园(Parc Montsouris)的草坪上昏睡——他前一天晚上喝多了。不过,科克托还在为其他事情忧虑:拉迪盖在 3 月遇到了一个年轻的荷兰姑娘布罗尼亚·佩尔穆特(Bronia Perlmutter),他爱上了她。这一次,事态似乎严重到了科克托必须介入其中、棒打鸳鸯的地步。生怕失去文学上的另一个自己、生怕在拉迪盖的情感世界中被人取代的科克托,甚至曾跟踪尾随这对年轻恋人,并禁止二人单独约会。

不过,没有迹象表明拉迪盖要和科克托断绝关系;他只是希望摆脱对方对自己的控制。但科克托却依然如故,试图让拉迪盖免受女人的影响:他年初先带他去了英国,夏天又去了皮凯。科克托彼时还不知道,这将是他们二人共度的最后一夏。如果 1922 年的奇迹能再次出现该有多好!

*

从表面上看,旧日所有元素一个都不少:与世隔绝的木板房小旅馆,沙滩,丝兰,海豚,比拉沙丘(Dune du Pilat)。科克托和拉迪盖在同一张桌子上工作,一起阅读和写作,穿着同款水手服外套,然而他们已是貌合神离。

科克托郁郁寡欢。荒原上整夜的狂风暴雨让他精神崩溃,患上了失眠。他还深受风湿病的折磨。当然,成功抵制住水中嬉戏和多米诺骨牌诱惑的拉迪盖会埋头工作——没有比这更能让他开心的事了。只是,聆听年轻小说家口述或朗读《德·奥热尔伯爵的舞会》的听众早已另有其人。

一天早晨,理发师不小心割破了拉迪盖的右耳,这被科克托视为凶兆。更严重的是,一次划船游玩时,年轻的拉迪盖不慎落水,差点溺亡,最终在命悬一线时被人捞起。死神出没,让科克托愈发清晰地意识到情况危急。

*

1923 年 11 月末。从皮凯归来的拉迪盖状态很不好。见到他的人都惊讶于他苍白的面容。12 月初,他频频打哆嗦,被迫卧床,待在图尔农街(Rue de Tournon)福尧特旅馆(Hôtel Foyot)那个年初便租下的房间中。

科克托请来了卡普马(Capmas)医生。二人曾在阿波利奈尔去世时打过交道,只可惜此人徒有医生之名,他开了药茶、格罗格酒和盐水针剂。几天后,拉迪盖的整体情况进一步恶化。这一次,紧急请来了可可·香奈儿的私人医生达利米耶(Dalimier),他诊断出这是伤寒,为拉迪盖注射了血清,并吩咐立刻将病人送往诊所。

希望渺茫。拉迪盖的母亲在旅馆房间住下,以便照顾他。他的朋友们接二连三地到病榻前看望他。科克托的母亲让人送来了圣母得胜堂(Notre-Dame des Victoires)的圣牌,病人曾多次亲吻。悲痛欲绝、担惊受怕的科克托也多次前往诊所探望。12 月 9 日,他听到拉迪盖喃喃自语:"三天后我将被神的精兵枪毙。"科克托否认,拉迪盖又说:"您的消息不如我的准确。天命已经下达,我听见了天命。"①

12月11日起不再允许探视,和母亲一道前来的科克托只得含泪打道回府。

12月12日,拉迪盖的心脏停止跳动,孤独离世,时年二十岁。噩耗传来,犹如晴天霹雳,科克托当场晕倒。

*

人们对让·科克托有很多批评:没有在拉迪盖临终时陪伴在侧,没有参加葬礼,以及用过于哗众取宠的方式哀悼故人——人们恶毒地称他为"屋顶上的丧偶者"。后来,还有人指控称,科克托在拉迪盖身后之作《德·奥热尔伯爵的舞会》于1924年问世前对其进行了删减和部分重写,歪曲了这部作品。②

这些争论背后的事实是,科克托肝肠寸断,痛不欲生。他后来写道:"拉迪盖的死像是在无麻醉的状态下给我开了一刀。"③纵使身边有母亲和朋友们的陪伴,科克托还是感到拉迪盖的离去让他失去了理智。夜晚,他为梦所困。他梦见和拉迪盖结伴在交易所

---

① 引自科克托为《德·奥热尔伯爵的舞会》所作的序言,见拉迪盖《魔鬼附身,德·奥热尔伯爵的舞会》,格拉塞出版社,巴黎,2003年,第312页。

② 在贝尔纳·格拉塞(Bernard Grasset)的帮助下,科克托对文本进行了七百多处修改。见莫妮克·内麦尔《雷蒙·拉迪盖》,第9—23页。

③ 科克托,《致雅克·马利丹的信》(*Lettres à Jacques Maritain*),斯托克出版社,巴黎,1925年,第22页。

广场(Place de la Bourse)漫步,然后看着拉迪盖消失在街角。他总是不厌其烦地提起这位离人,叫他"雷蒙",可在拉迪盖在世时,他从未这样称呼过他。他的焦虑也刻印在他那个时期的诗作中：

> 天使十分费力地站立在地上
>
> 我感觉它被锁链紧紧缠住无法抽身
>
> 但它冷漠的目光望向天上
>
> 没有什么能动摇这凝视死亡的眼神[①]

很快,他开始想办法消解这份焦虑:先是鸦片,吸食成瘾的他两年后不得不接受戒毒治疗;然后是宗教,不过并未给他带来他想要的平静;再后来,他试图从众多情人身上寻找这位寄托了自己太多思念的故人的身影。

*

1960 年,七十一岁的科克托用寥寥数笔勾勒了一张脸:连成一条的大浓眉,一双杏眼,高挺的鼻梁,饱满的嘴唇。那便是雷蒙·拉迪盖,或者说拉迪盖:科克托不再用名字称呼他已经很久了,这是对天才应有的尊重。

[①] 引自克洛艾·拉迪盖《雷蒙·拉迪盖—让·科克托：断章、轮廓、肖像》(*Raymond Radiguet-Jean Cocteau*, *Fragments*, *traits*, *portraits*),迪欧出版社(DEO),利尼埃-奥热尔(Lignières-Orgères),2015 年,第 12 页。

9

心 镜

一张照片拍摄于 1929 年 10 月。[1] 照片上,丛生的草木中站着两个人。他们身后,碎石矮墙,山谷低凹;再往上,天际辽阔,万里晴空。首先映入眼帘的是画面正中一个高大壮实的身影:勒内·夏尔,他穿着浅色裤子和有些紧的深色上衣,面部只呈现了四分之三。他看着他的伙伴,而他的伙伴则凝视着远方。"颀长,瘦削,金发,有着诗人高贵而疏离的眼神,不对称却英俊的面庞"[2],他就是保尔·艾吕雅。

站在犹如巨人的勒内·夏尔身旁,艾吕雅显得纤弱,但他的姿态比身边的后生多了分笃定:他已经三十四岁了,1926 年《痛苦的都城》(*Capitale de la douleur*)的出版让他的诗人身份深入人心。年仅二十二岁的勒内·夏尔似乎十分激动,或许还有一丝胆怯,

---

① 照片拍摄于沃克吕兹的拉考斯特城堡(Château de Lacoste),翻印于勒内·夏尔《在诗人的工作坊》(*Dans l'atelier du poète*),伽利玛出版社,巴黎,"四象丛书",1996 年,第 126 页。

② 安德烈·蒂里翁(André Thirion),引自吕克·德科纳(Luc Decaunes)《保尔·艾吕雅,爱、抗争与梦》(*Paul Éluard, l'amour, la révolte, le rêve*),巴朗出版社(Balland),巴黎,1981 年,第 94 页。

但一定感到幸福。他好像无法相信自己是如此幸运：他仰慕的大师艾吕雅居然造访了他的家乡沃克吕兹。彼时，夏尔还是个无名小卒，虽然发表过几篇文章和一些诗歌，但无人赏识。这一年，他刚刚出版了诗集《武器库》(Arsenal)，不久前给艾吕雅寄去了一本。

神奇的是，寄出的《武器库》居然得到了艾吕雅的短笺回复——那只是从笔记本上撕下的一张纸，上面写着短短三句话："亲爱的先生，我们难道不能进一步相互了解吗？您不打算来巴黎吗？我将很高兴告诉您我有多喜爱您的诗——这是一本如此美妙的书。"[①]

勒内·夏尔坐上了去巴黎的火车。10月的一个周四，下午五点左右，二人在圣日耳曼大道的一家旅馆内初次见面。没人知道他们说了些什么，但衣着讲究、双手颤抖的艾吕雅很快便和年轻高大的橄榄球爱好者夏尔相谈甚欢、默契相投。名诗人艾吕雅"待人朴实而亲切"[②]，准诗人夏尔也镇定自若；他们之间既无傲慢，也无假意的谦虚，不存在任何可能妨碍建立真正友情的因素。

几天后的月末（那张照片便拍摄于此时），艾吕雅到了沃克吕

---

① 玛丽-克洛德·夏尔(Marie-Claude Char)，《勒内·夏尔的国度》(Pays de René Char)，弗拉马里翁出版社，巴黎，2007年，第136—137页。
② 吕西安·舍勒(Lucien Scheler)，引自吕克·德科纳《保尔·艾吕雅，爱、抗争与梦》，同前引书，第104页。

兹,那是夏尔度过整个青年时期的地方。①

　　第二次巴黎之行,勒内·夏尔的这位新朋友把他引见给了安德烈·布勒东。此前一直和文学圈保持距离的夏尔于 12 月宣布投身超现实主义运动:"从今往后,我将与保尔·艾吕雅、安德烈·布勒东、路易·阿拉贡一道努力。我的眼睛已点燃所有的森林,为要看着它们活出生机。"②

*

　　"那是个高大结实的家伙,而且,天啊,他太会打架了。他力大无穷,有他在身边总是好的。"③超现实主义"教父"安德烈·布勒东很快就会领教到夏尔的厉害。

　　1930 年 2 月, 巴黎埃德加·基内大道(Boulevard Edgar Quinet)60 号一个名为"马尔多罗"的酒吧开张。在布勒东看来,这

---

① 有些资料[例如:让-夏尔·加托(Jean-Charles Gateau),《艾吕雅或目光敏锐的兄弟》(*Éluard ou le frère voyant*),罗贝尔·拉丰出版社,巴黎,1988 年,第 171 页。**本书已有中译本:《艾吕雅传》,顾微微译,上海人民出版社 2007 年出版。——译注**]指出,艾吕雅没等夏尔来巴黎便直接去了沃克吕兹;我们此处采用洛朗·格雷伊萨梅(Laurent Greilsamer)的研究版本《前线闪电:勒内·夏尔的一生》(*L'Éclair au front : la vie de René Char*,法亚尔出版社,巴黎,2004 年,第 45 页),艾吕雅的一封短笺(《勒内·夏尔的国度》,同前引书,第 136 页)也为该版本提供了佐证。
② 《子午线》(*Méridiens*),1929 年 12 月,转载于勒内·夏尔《在诗人的工作坊》,同前引书,第 96 页。
③ 曼·雷(Man Ray),引自马克·波利佐蒂(Mark Polizzotti)《安德烈·布勒东》(*André Breton*),J-F. 塞内(J.-F. Sené)译,伽利玛出版社,巴黎,1999 年,第 364 页。

是对被他尊为超现实主义伟大先驱之一的诗人、《马尔多罗之歌》(Les Chants de Maldoror)的作者洛特雷阿蒙(Lautréamont)的羞辱。这一冒犯是如此严重,以至于布勒东决定发起讨伐。他召集了六七个人,组成自己的人马,在2月14日午夜时分发动了突击。

所有人都在勒内·夏尔的指挥下行事,夏尔也不辱使命,他制服门卫,打昏酒保,为布勒东、阿拉贡及同伴们开道。他们的闯入引发了一阵骚动。很快,场面变得十分混乱,作为进攻方的他们被迫在飞来的碗碟和剩饭中撤退。身体较弱的艾吕雅一直和其他人在外把守,不让看热闹的人们靠近。最终,所有人都进了"欢乐"①警所。夏尔在混战中挂彩,缝了几针。

安德烈·布勒东对这个新成员甚为满意,还和艾吕雅一道前往沃克吕兹。三位诗人带着一本由六只手创作而成的诗集《慢行施工》(Ralentir travaux)回来了。这一名字的灵感源于他们开车郊游时无意间瞥到的一块信号牌。小小的一本游戏之作,汇集了三人在几天内各自写成的共三十首诗歌,是超现实主义历史上的转折点。

不过,虽然夏尔已是该运动中的重要一员,但他依然与之保持着一定的距离,而且这种距离还在不断拉大。或许,和超现实主义本身的吸引力相比,他更看重身边那位挚友的存在。后来,他斩钉截铁地表示:"没有艾吕雅的友情,超现实主义对我而言什

---

① Gaîté,同在蒙帕纳斯街区的一条街。——译注

么都不是。"①

*

他们之间的原初联系是诗歌,是对创作的热爱。每有新诗集问世,他们都会精心题词,赠与对方,礼赞这胜似兄弟情谊的默契的力量。他们互读互问,互提建议,互赠诗歌,真诚地相互欣赏。在性情上,他们也有相通之处:事与愿违时会冲动暴怒,也都深谙魅惑和征服之道。

但更为重要的是,艾吕雅和夏尔都是"寻欢者"②。1929年年底开始,这两个资深夜行侠成了流连灯红酒绿之地的好伙伴。艾吕雅喜欢听夏尔讲他和那些莺莺燕燕的故事,还会主动从钱包中拿出卡拉(Gala)的照片③:他乐于向身边之人展示她完美的身体。卡拉刚刚离开艾吕雅,和达利(Dalí)生活在了一起。

他们相处得极其融洽。1930年4月,从阿维尼翁一回来,艾吕雅便请夏尔搬来和他同住。于是,两个单身汉一起住在了艾吕雅此前和卡拉住过的贝克勒尔街(Rue Becquerel)的公寓里。那里格调奢华,远超夏尔当时的认知。墙上是毕加索、恩斯特、达利的画作,家具陈设也一样考究,家佣自不必说。一个十分可人的年轻女

<hr />

① 保尔·韦纳(Paul Veyne),《勒内·夏尔其诗其人》(*René Char en ses poèmes*),伽利玛出版社,巴黎,1990年,第101页。
② 夏尔,出处同上,第101页。
③ 吕克·德科纳,《保尔·艾吕雅,爱、抗争与梦》,同前引书,第95页。

佣尽心尽力地服侍他们,她很是礼貌周到,这让夏尔有好长一段时间不敢对她有任何非分之想。后来,他们才知道实情:她是职业妓女,女佣的工作只是个掩护①……

此后,他们开始分享一切。在夏尔看来,他们二人成了真正的"生活伴侣"②——糟糕的生活! 艾吕雅送给勒内·夏尔的那本《及时生活》(*La Vie immédiate*)里的扉页寄语,也是对这一说法的美妙呼应:"我们潦草地生活,我们认真地思考,我们更好地爱人,我们了解彼此,没有什么能把我们分开。"③

*

一场邂逅将让他们的关系更加密切。

1930 年 5 月 21 日,他们正沿奥斯曼大道(Boulevard Haussmann)走着,忽见一位身穿长裙、头戴羽饰小帽的金发妙龄女郎。她正打量着橱窗,神色茫然;她容貌精致,身材纤细,甚至有些消瘦。她引起了他们的注意,但谁会第一个同她搭话呢? 艾吕雅上前做了一番自我介绍,邀请她喝一杯。面对眼前的陌生人,她

---

① 安德烈·蒂里翁,《未经历革命的革命者们》(*Révolutionnaires sans révolution*),教士草场出版社(Le Pré aux clercs),巴黎,1988 年,第 209 页。

② 艾吕雅在《公共的玫瑰》(*La Rose publique*,1933 年)中献给夏尔的题词,引自罗贝尔·D. 瓦莱特(Robert D. Valette),《艾吕雅:身份之书》(*Éluard：livre d'identité*),朱出版社(Tchou),巴黎,1967 年,第 126 页。

③ 《及时生活》中献给夏尔的题词,引自达妮埃尔·勒克莱尔(Danièle Leclair)《勒内·夏尔:诗歌燃烧之处》(*René Char：là où brûle la poésie*),亚丁出版社(Aden),布鲁塞尔,2007 年,第 291 页。

表现得十分惊恐，一溜烟跑到了最近的地铁站。夏尔拦住了她，几句话便让她相信他们不会伤害她。最终，她总算同意了，随他们一起来到位于安坦堤道（Chaussée-d'Antin）和奥斯曼大道转角的老佛爷百货附近的一家咖啡馆。

刚入席，她就吞下了两个牛角面包，她显然饿坏了。他们知道了她的姓，玛丽亚·本茨（Maria Benz），以及更重要的，她的名，努希（Nusch）。她是阿尔萨斯人，演过杂技和柔术，做过演员和模特，还当过催眠师和算命婆：她一生都在表演中度日，常常十分拮据。彼时的她正处在人生的一段低谷期，不过她早已习以为常。勒内·夏尔叫了辆出租车，安排艾吕雅和这个新的"猎物"上车，随后关好车门，告诉司机把他们二人送到贝克勒尔街 7 号。

就这样，此前因卡拉追随达利离去而痛苦万分的艾吕雅，遇到了此生的另一个挚爱，后来还以她为灵感源泉，创作了《时光流溢》（*Le temps déborde*）。这段爱情能够萌芽，夏尔功不可没。夏天，他很自然地陪同努希和艾吕雅去了西班牙的卡达克斯（Cadaqués），而接待他们的正是卡拉和达利。回到巴黎后，艾吕雅得知卡拉决定和他离婚，便把贝克勒尔街的公寓留给了她，同努希搬了出去，和布勒东成了同楼邻居。四年后，也就是 1934 年，努希成了艾吕雅的第二任妻子，勒内·夏尔是他的证婚人——两年前，作为夏尔的证婚人，艾吕雅也见证了友人和若尔热特·戈德斯坦（Georgette Goldstein）的结合。

1935 年 5 月 21 日，奥斯曼大道惊鸿一瞥五年后，在这个对他们而言都十分珍贵的周年纪念日,艾吕雅特别问候了夏尔:"我亲爱的勒内,五年前的今天,我们遇见了努希。今天早上,我们最先想到了你。"

信的末尾,努希用她特有的拼写方式写道:"亲爱的勒内,今儿我比常日更加想你,我爱你。努希。"①夏尔终其一生都对努希满怀温情。他是否曾偶尔做她的情人? 他从未真正承认或否认过这一点。

*

1932 年初。已相识超过两年的夏尔和艾吕雅虽然仍往来密切,但经济状况却大不如前。挥金如土的夏尔渐渐吃空了遗产,艾吕雅也为自己失败的投资付出了代价。看着"极度潦倒"的夏尔,艾吕雅几乎是用威逼利诱的方式才说服他到位于贝克勒尔街的公寓住上一段时间,虽然那个公寓已是卡拉的财产。在写给身在西班牙的前妻的信中,艾吕雅小心翼翼地说出了自己的打算:"我的小宝贝,我希望你不会因此生气[······]让我好好高兴一下,同意这么办吧,不要生气。"②显然,卡拉并不像他一样慷慨。艾吕雅试图打消她的顾虑:"他一点都没弄脏",而且"每天都用吸尘器打扫"!③

---

① 转载于玛丽-克洛德·夏尔《勒内·夏尔的国度》,同前引书,第 147 页。
② 艾吕雅,《致卡拉的信》(*Lettres à Gala*),伽利玛出版社,巴黎,1984 年,第 162 页(1932 年 3 月)。
③ 同上,第 174 页(1932 年 4 月)。

虽然两位诗人省吃俭用，但进账依然很少。有时候确实需要动动脑筋改变一下命运。就这样，艾吕雅把"原始手稿"的生意经传授给了夏尔。思路非常简单：从钱多的地方弄钱，也就是说，从那些想得到第一手作品的富有收藏家的口袋里弄钱。包括香水商雅克·杜赛(Jacques Doucet)在内的这些买家，为超现实主义作家们带来了意外商机，这些作家常常在很大程度上靠这样的收入过日子。1932年，艾吕雅出面给夏尔的一首诗歌的手稿谈了个好价钱。多亏这次买卖，夏尔得以几个月都不用为钱发愁，还顺便总结了经验，在未来更加关注写作用纸的质量。

同样，多亏了艾吕雅，夏尔才明白，和画家合作能够为他带来意想不到的好处：一份手稿，配上布拉克、米罗或毕加索签名的水粉、素描或拼贴作品，价值立刻飙升……

*

20世纪30年代的那几年，保尔·艾吕雅因结核病数次住进疗养院。为表支持，夏尔于1931年和1935年两次探望。这段时光让艾吕雅更加明白夏尔的友情是多么重要，尤其是在他灰心丧气时。这是一位"高大、暴躁而细腻的朋友"①，他想要一直忠于这个"时常

---

① 艾吕雅，《生活的年龄》(*L'âge de la vie*，致夏尔的诗)，收录于《绵绵无绝的诗章》(*Poésie ininterrompue*)，见《全集》(*Œuvres complètes*)，第 II 卷，伽利玛出版社，巴黎，"七星文库"，1968年，第59页。

平息(他的)痛苦或唤起(他的)快乐"①的人。艾吕雅家中珍藏着曼·雷所绘的夏尔像,挂在努希和卡拉的肖像旁。

1936 年,轮到艾吕雅到夏尔的病榻前看望,后者正在从败血症中缓慢恢复。热心的他为夏尔代劳了与新诗集出版有关的必要事宜,第二年,夏尔也为艾吕雅做了同样的事情。

一张拍摄于索尔格河畔利勒(Isle-sur-la-Sorgue)的照片,以颇具象征性的方式道出了那些年二人惺惺相惜的程度。② 年轻的外省诗人夏尔神情庄重,眉头微蹙,头发梳得油亮,身穿西服套装和白色衬衫,打着条纹领带,正对镜头站在一座房子前;一条绳子绕过颈部挂在他的胸前,上面拴着一面长方形的大镜子,镜框由四根柳条木制成。

镜中映出保尔·艾吕雅的脸,恰与勒内·夏尔的心脏齐平。

*

尽管夏尔十分看重艾吕雅,他还是逐渐疏远了超现实主义。安德烈·布勒东的专断独行让他心灰意冷;同伴中一些人所热衷的挑衅话语、文字游戏和形式主义在他看来也毫无意义。1935 年发生的一件事,更是让他站到了安德烈·布勒东及其拥护者邦雅曼·佩雷(Benjamin Péret)的对立面。同年年底,他正式与之

---

① 《生命的底色》(*Les dessous d'une vie*)中题给夏尔的献词,转载于罗贝尔·D. 瓦莱特《艾吕雅:身份之书》,同前引书,第 59 页。

② 转载于玛丽-克洛德·夏尔《勒内·夏尔的国度》,同前引书,第 21 页。

决裂。

这一疏远和拒斥之举，让艾吕雅颇为担忧，但夏尔十分坚定。"我只是挑明了我心中酝酿已久的一场反抗而已。在我看来，没有'超现实主义者'，只有这样一些人：他们当中的某些人和我在十五岁时曾反击过的那些人的行事方式颇为类似，甚至比他们还要恶劣。在这件事上你永远别想说服我，永远——我意已决。我不惧怕孤立，不惧怕恶意。"①

而艾吕雅呢，即便他身份特殊，也未能幸免于夏尔对那些老同伴的批评。二人的关系隔三差五就会变得紧张。1935 年决裂之时，夏尔感觉遭到了背叛，心痛无比的他在一封信的末尾充满悲伤地写道："你永远的朋友。"②艾吕雅立刻反驳："既然你已做此决定，这便是我的最后一封信。我一直认为应该对你坦诚。你也太容易生气了。"③虚惊一场。话虽然说得决绝，虽然夏尔去了沃克吕兹，但他们还是继续互通信息，时常见面，共话友谊。

不过，他们还是不可避免地渐行渐远。原因：政治。20 世纪 30 年代初，他们在主要方面达成了一致：诗人的作品不应屈从于某种利益或某一党派，即便是为了遏制他们极其厌恶的法西斯主义日益严重的威胁——1933 年 1 月的柏林之行让他们彻底认识到欧

---

① 1935 年的信，引自洛朗·格雷伊萨梅《前线闪电：勒内·夏尔的一生》，同前引书，第 102 页。
② 同上，第 103 页。
③ 同上。

洲所面临的这种威胁。艾吕雅和此前的阿拉贡一样，逐渐向法国共产党靠拢。

此外，1936 年，艾吕雅在几份发行量巨大的报纸上发表了一些文章，夏尔对此表达了反对意见："你在《玛丽安娜》(*Marianne*)上的最新文章像极了一份'通稿'，既超出了你的才能，又没有反映出你的才情[……]爱你的我怎么也不会习惯看到如此'毫无价值'的文章下面出现你的名字。"①

*

1937 年，虽然在勒卡内(Le Cannet)共度了两周左右沉浸在"即兴创作和舒适友情"②中的时光，二人的关系还是冷淡了下来。艾吕雅不再回信，也不再更新近况；夏尔感觉陷入了诗歌的僵局，正在经历一段令他心烦意乱的"焦虑期"③。他们两个人都对对方抱有期待——可能是过度期待。

将他们牢牢绑在一起的那条线，经年累月，终于松了。8 月，夏尔拒绝在蔚蓝海岸等待说好要来的艾吕雅、努希和毕加索。他们

---

① 夏尔致艾吕雅的信(1937 年 5 月 7 日)，引自 J. C. 马蒂厄(J. C. Mathieu)《勒内·夏尔的诗或壮丽之妙趣》(*La Poésie de René Char ou le sel de la splendeur*)，若泽·科尔蒂出版社(José Corti)，巴黎，1988 年，第 II 卷，第 9 页。

② 勒内·夏尔，出处同上，第 8 页。

③ 引自《勒内·夏尔》(*Réne Char*)，主编：A. 科隆(A. Coron)，法国国家图书馆(BNF)，伽利玛出版社，巴黎，2007 年，第 21 页。

到的前一天,夏尔去了内陆小镇塞雷斯特(Céreste)。这无疑是在说:如果你们觉得有必要,就来见我。事实是,他非常恼火,因为艾吕雅忘记或认为不应该寄给他再版的诗集《动物及其人》(*Les Animaux et leurs hommes*)。友人的敏感让艾吕雅不悦,他宁愿留在穆然(Mougins),这进一步加深了裂痕。① 指责袭来,艾吕雅怒火中烧:"我不喜欢你的信。它让我陷入了一种可怕的忧伤[……]我也很不欣赏信末附言:'……等过一阵子咱们再见面会更明智——你不这么认为吗?'我向你发誓,无论这是好话还是反话,我都不需要。"②

没有回音。

*

"我在床上给你写信。努希和我,我们周围全是蜡烛。努希在缝东西,我刚写完这首诗,应该会登在圣诞节那一期的插画周刊《黑与白》(*Noir et Blanc*)上。告诉我你觉得怎么样[……]蜡烛是兽脂制成的,噼啪作响,烛光昏暗,而且恶臭难闻。"③

第二次世界大战虽在数月前正式结束,但法国人在日常生活中仍面临各种各样的限制。和其他人一样,艾吕雅一家也深受其

① 让-夏尔·加托,《艾吕雅或目光敏锐的兄弟》,同前引书,第244—245页。
② 信函引自洛朗·格雷伊萨梅《前线闪电:勒内·夏尔的一生》,同前引书,第115页。
③ 信函转载于罗贝尔·D.瓦莱特《艾吕雅:身份之书》,同前引书,第198页(1945年12月11日)。

害,他在写给"亚历山大上尉"的一封信中指出了这一点。实际上,勒内·夏尔就是"亚历山大上尉",他用此化名在沃克吕兹组织抵抗运动,参与多次武装行动,并在和占领军的较量中几度面临生命危险。根据自己及战友们的亲身经历,他创作了《修普诺斯散记》(*Feuillets d'Hypnos*),这部作品引起了阿尔贝·加缪的注意,并最终在伽利玛出版社出版。夏尔不再寂寂无名,而艾吕雅也几乎在同一时间,因战争诗歌而真正扬名。

看起来,战前的种种纷争都已被淡忘。这对朋友以热情洋溢的献词互赠作品,恢复了通信和互访——艾吕雅于1947年回到沃克吕兹,甚至再次合体:艾吕雅协助宣传《修普诺斯散记》,夏尔也为艾吕雅负责的一套艺文集撰写了几篇文章。

然而,往日情谊荡然无存。艾吕雅开始将"诗人的荣耀"寄托在政治斗争中,这是夏尔绝对无法接受的。一切都和以前不一样了,"我们居然还在给对方寄书,就像一对孪生兄弟,虽然互生嫌隙,却仍彼此尊重、相互了解、和气交流……悲哀!"[①]

是努希让他们二人聚在了一起。这是她最后一次这样做。

*

1946年11月28日,正在婆婆家拜访的努希突发脑出血去世,终年四十岁。几乎在同一时间,勒内·夏尔给艾吕雅家去了一通

---

① 引自洛朗·格雷伊萨梅《前线闪电:勒内·夏尔的一生》,同前引书,第276页。

电话,无人接听。

几小时后,努希的尸体被送至她位于奥德内街(Rue Ordener)的家中。大家通知了还在瑞士疗养的艾吕雅,他立刻乘火车前往巴黎,勒内·夏尔和几位朋友以及诗人的女儿一起在里昂火车站等候。艾吕雅不愿相信这一噩耗,所有人都尽力安抚他。面对尸体,他仍固执地称这只是某种持续时间较长的强直性昏厥。医生用剃刀划开死者的手腕,血液已凝滞,艾吕雅这才接受现实,沉默良久,最后请一位朋友画下了努希的遗容。

夏尔寸步不离。此后三天,他都陪着艾吕雅为逝者守夜。后来,艾吕雅在致夏尔的信中写道:"你是唯一一个让我能够安心表现出内心巨大空虚的人,只有在你面前,我才可以想哭多久就哭多久。"①

努希去世六年后的 1952 年,艾吕雅也因心绞痛与世长辞。"保尔·艾吕雅的离开让我痛失手足",夏尔在一封信中如是说。② 此前,出于对友人的忠诚,他一直惜字如金。这一次,他一改往日习惯,写了几句话发表在《战斗报》(Le Combat)上,但仍然远离那些浮夸的悼文和政党组织的官方仪式。

---

① 艾吕雅致夏尔的信,引自让·佩纳尔(Jean Pénard)《遇见勒内·夏尔》(*Rencontres avec René Char*),若泽·科尔蒂出版社,巴黎,1991 年,第 68 页(1948 年 8 月 23 日)。
② 夏尔致让·维莱利(Jean Villeri)的信,引自玛丽-克洛德·夏尔《勒内·夏尔的国度》,同前引书,第 155 页。

此后直至 1988 年去世，夏尔常常会"带着令人动容的深情"[1]，向来访者回忆这位曾"向年轻的（他）伸出手"的人，那无疑是他"最珍贵的朋友"。[2]

---

[1] 让·佩纳尔，《遇见勒内·夏尔》，同前引书，第 13 页。
[2] 引自玛丽-克洛德·夏尔《勒内·夏尔的国度》，同前引书，第 155 页。

10

卡 雅 楝 树 下

这段影像拍摄于 1993 年 5 月,地点在位于诺曼底大区维尔松 (Verson)的桑戈尔宅邸。塞内加尔前总统桑戈尔和夫人站在台阶上,迎接正走下车的一位来宾。那人激动万分,张开双臂向他们走来:

——你好吗,塞达(Cédar)? 见到你真高兴!

——我和我爱人从今天早上就盼着你来了!

桑戈尔八十六岁。他声音很轻,透着疲惫,动作也很缓慢。他很是文雅,身穿深灰色套装,系着彩色领带。在他对面,是艾梅·塞泽尔,八十岁,浅灰色套装,上衣未系纽扣,显得很有活力。

他们快十年没见了。二人的这次重逢,被马提尼克女导演尤占·帕尔西(Euzhan Palcy)拍摄成了一部出色的纪录片《至交》(*L'Ami fondamental*)①。影片用几组极富趣味性和穿透力的镜头,重现了这一天发生的故事。虽仅有短短十几分钟,却巧妙至极,让我们感受到了老友相见的喜悦。

---

① JMJ 制片公司(JMJ Productions),2006 年。

此外，影片还带我们进入了这两位刚刚享用完美食、正在桌边闲聊的伟大诗人的内心世界。不一会儿，在书房，塞泽尔打开桑戈尔递来的一本诗集，高声朗读了几句，动情地喃喃自语："太美了……"镜头随后一路把我们带到了花园；背对摄像机的两位老人在树下走了几步；他们隐约聊起疲惫以及对死亡的看法。桑戈尔突然高声说："我答应过我爱人，要活到 2000 年!"塞泽尔伸出胳膊，温柔地搂住了桑戈尔的肩膀。

这是难得一见的时刻。5 月的这天，是塞泽尔和桑戈尔的最后一次见面。

*

他们的第一次见面是在六十二年前。1931 年 9 月末，拉丁区。艾梅·塞泽尔十八岁。他刚刚来到巴黎，注册了路易大帝中学(Lycée Louis-le-Grand)的文科预科班课程。从秘书处走出，羞怯的他"有些惊愕于这样一个严肃正经到让人厌烦的环境"①。就在这时，他在学校走廊惊喜地碰见了一个微笑的年轻人②，对方和

---

① 塞泽尔在法兰西堡(Fort-de-France，1976 年)的演讲。转载于让-米歇尔·吉昂(Jean-Michel Djian)《列奥波尔德·塞达·桑戈尔：法语地区一个幻想的诞生》(*Léopold Sédar Senghor : genèse d'un imaginaire francophone*)，伽利玛出版社，巴黎，2005 年，第 242 页。

② 人们常常认为塞泽尔和桑戈尔是路易大帝中学的同窗(塞泽尔在一些采访中甚至也暗示过这一点)，不过事实并非如此，桑戈尔比塞泽尔大七岁，他在路易大帝中学修习了三年的文科预科课程后，于 1931 年 6 月（转下页）

他一样,也是黑人。这个年轻人穿着灰色衬衣,系着细绳腰带,绳头上绑着一个墨水瓶。多年后,塞泽尔回忆道:"他握了握我的手,搂着我的肩膀,用他那带着独特韵律的嗓音对我说:'那么,我的兄弟,你是哪儿人?'"塞泽尔做了自我介绍,说自己来自马提尼克。"列奥波尔德·塞达·桑戈尔,塞内加尔。"对方回答。他们随即拥抱在了一起。桑戈尔兴奋极了:"新生,以后你就是我的新生了!"①

作为一个已在巴黎待了三年的老生,颇具威信的桑戈尔满怀善意地把这个一年级新生(对他而言塞泽尔当然远不只是一个新生)领入了拉丁区的小世界,而塞泽尔也向他的新朋友介绍了自己在首都结识的安的列斯人。

数年间,无论是在大学城、索邦大学(桑戈尔离开路易大帝中学后在这里继续学习,并准备教师资格考试的语法考试),还是在塞泽尔于 1935 年入读的位于乌尔姆街(Rue d'Ulm)的巴黎高等师范学院,他们几乎每天见面。两人读一样的书,交流体悟,分享发现,对古典文学、希腊拉丁作家、拉辛和波德莱尔抱有同样的热忱。"我们有说不完的话题。"②

不过,他们的性格十分不同。平日调皮的桑戈尔,同时也是个

（接上页）离校。二人相遇时,桑戈尔已是索邦大学的学生——索邦大学离路易大帝中学很近,就在圣雅克街(Rue Saint-Jacques)的另一侧。
① 让-米歇尔·吉昂,《列奥波尔德·塞达·桑戈尔:法语地区一个幻想的诞生》,同前引书,第 221 页。
② 同上,第 222 页。

腼腆、有些古板的年轻人,有着教师一样的严肃气质——多年后成为国家元首的他,在面对各位部长时依然使用黑板。他的从容镇定经得起任何考验,与塞泽尔的激动亢奋形成了鲜明的对照。塞泽尔会深陷最幽暗的绝望,也会以最外露的方式表达快乐:有人称见过他在巴黎高师的房顶踮着一只脚转圈! 此外,塞泽尔虽饱读宗教方面的书籍,却是个坚定的无神论者,而以成为神父为首要使命的桑戈尔,则十分虔诚地信奉天主教。

要把他们分开可不容易。几个月过去,他们变得更加"形影不离"①。他们对彼此的一切都了如指掌。咖啡馆、长凳上、宿舍里,处处可见他们互相倾诉的身影。塞泽尔回忆起自己在培雷山(montagne Pelée)下的童年、黑色的沙滩和父母的期望。他的父亲是一个税务公务员,母亲是一名裁缝,他们经常督促塞泽尔凡事要做到最好。桑戈尔则向友人介绍他所属的塞内加尔民族——谢烈尔族;他讲他父亲的故事,那是一位颇受敬重的老人,同时信奉天主教、泛灵论和一夫多妻制,生活在紧邻大西洋的港口小城若阿勒(Joal),有三个妻子和众多后代;他还讲述了这位老人如何在晚年娶了第四个妻子——吉洛尔(Djilor)村村长的女儿,即桑戈尔的母亲。他还说这个既不认字也不会写字、更是一个法语词也不会说的女人是多么让他感到亲近。塞泽尔会打断朋友的话,提出问题,让他再多谈谈他的家庭,谈谈塞内加尔,谈谈日后在桑戈尔的诗中

---

① 让-米歇尔·吉昂,《列奥波尔德·塞达·桑戈尔:法语地区一个幻想的诞生》,同前引书,第221—222页。

被称为"童年王国"的那个世界：花生地的美景，河流的颜色，他放养的羊群，埋进沙子里的光着的脚丫，以及在音乐史官的歌声和远古的仪式中度过的那些日子的艰辛和魅力。①

塞泽尔听得入迷。他惊奇地发现了另一个世界，遥远却莫名地似曾相识。

*

这是因为，塞泽尔从桑戈尔身上找到的不只是友谊，更是自己的根。这个塞内加尔的孩子为他打开了一扇通往非洲的门。那片大陆是他的故乡，他沦为奴隶的祖先正是从那里被掳至安的列斯的。这是一种启示。他后来于1997年写道："列奥波尔德，你依然是我的至兄，是你为背井离乡的年少的我[……]带来了关于我自己的答案：非洲[……]"②另一边，正是因为接触了激情四射的塞泽尔，正是因为20世纪30年代巴黎路人的目光、一些同学的鄙夷，以及老师们的家长式作风总提醒着他们是多么的不同，桑戈尔才意识到迫切需要发起一场介入行动：要"把巴纳尼亚式的笑脸从全法

---

① 信息来自达妮埃尔·德拉(Daniel Delas)《列奥波尔德·塞达·桑戈尔，语言大师》(*Léopold Sédar Senghor, le maître de langue*)，亚丁出版社，布鲁塞尔，2007年，以及莉莉安·凯斯特鲁(Lilyan Kesteloot)《塞泽尔和桑戈尔，大西洋上的一座桥》(*Césaire et Senghor. Un pont sur l'Atlantique*)，哈玛丹出版社(L'Harmattan)，巴黎，2006年。

② 塞泽尔至桑戈尔的信，发表于《桑戈尔存在：90篇文章致敬90岁的诗人总统》(*Présence Senghor：90 écrits en hommage aux 90 ans du poète-président*)，联合国教科文组织，巴黎，1997年，第40页。

国的墙面上彻底撕掉"。①

他们二人对自己的身份有了更清晰的认识,并且共同勾勒了他们终生奋斗的目标:不仅要展现非洲文明的崇高尊严,更要唤起黑人所必需的团结。这就是"黑人传统精神"(la négritude)②这一概念的要义。

他们的武器?笔。

1935年3月,担任法国马提尼克大学生联合会主席的塞泽尔创办了《黑人大学生报》(L'Étudiant noir)。从第一期开始,他的署名就和桑戈尔的署名一同出现。在一篇言辞尖锐的文章中,塞泽尔请黑人们摒弃"根本无法实现的同化"幻想,接受自己的"他异性";桑戈尔的文章虽未如此激烈,却也秉持着同样的介入姿态,介绍了1921年第一位获得法国龚古尔文学奖的黑人作家勒内·马朗(René Maran)的作品。③

如果说这对朋友最初是从思想的决斗场走进了文学,那么很

---

① 桑戈尔,《卷首诗歌》(Poème liminaire),《黑色的祭品》(Hosties noires),见《诗集》(Œuvre poétique),瑟伊出版社,巴黎,"观点丛书",1990年,第57页。[巴纳尼亚(banania),是对非洲裔黑人的蔑称。法国有一家饮料和巧克力制品品牌叫此名字,品牌标识为一个开口大笑的黑人男子。——译注]

② 一则逸事,桑戈尔曾在一次讲座中提到这个词是马提尼克人塞泽尔提出的:"我差点忘记要把属于塞泽尔的归给塞泽尔,因为他在1932年至1934年间发明了这个词。"
("黑人传统精神"亦称"黑人性"。——译注)

③ 罗穆亚尔德·丰库阿(Romuald Fonkoua),《艾梅·塞泽尔》(Aimé Césaire),佩兰(Perrin)出版社,巴黎,"时光丛书",2013年,第47—48页。

快,他们便将诗歌视为更好的表达媒介。就在"二战"全面爆发前的 1939 年 8 月,一份发行量甚小的杂志《意志》(*Volontés*)在同一期中刊登了塞泽尔自 1935 年起执笔创作的第一首诗作《还乡笔记》(*Cahier d'un retour au pays natal*),以及桑戈尔的早期作品之一《致为法国捐躯的塞内加尔步兵团士兵》(*Aux tirailleurs sénégalais morts pour la France*)。这两部华丽的作品虽然差异明显①,但脱胎于同一种痛苦以及对奴隶制和殖民主义的记忆,并且都源于这对朋友之间兄弟般的交流与对话:只要有可能,他们就会互读创作成果。他们确实是一起成为诗人的,或者更确切地说,他们是在对方的影响下成为诗人的。塞泽尔不仅将桑戈尔视为"最好的伙伴",更视其为自己作品的"共同作者"——这个词分量十足。塞泽尔《全集》(*Œuvres complètes*,1976 年)中一卷的开篇献词十分令人动容:"致作为此作品共同作者却不自知的列奥波尔德·塞达·桑戈尔,他会在其中找到很多亲切的共鸣:我们的青年时期,我们的斗争,我们共同的希望。艾梅·塞泽尔谨上。"②

---

① 桑戈尔诗歌的风格颇似圣-琼·佩斯(Saint-John Perse)或克洛岱尔(Claudel),以极具庄严感的长句展开;而塞泽尔的诗作则整体上更强劲猛烈,也更令人费解。这或许是性格使然(塞泽尔喜欢自称"培雷人",此名源自位于马提尼克的那座培雷火山),不过也表明了超现实主义对塞泽尔的影响。

② 信息来源:桑戈尔空间(维尔松)。

*

1945 年秋。距离他们相识已过去十四年。欧洲、安的列斯、非洲，一切都变了。他们也变了。

1937 年结婚的塞泽尔已有四个孩子。1939 年毕业后，他回到马提尼克。"二战"期间，他在法兰西堡的舍尔歇中学（Lycée Schœlcher）教授文学和拉丁文，还和妻子一起主持一份重要的文化刊物《热带》（*Tropiques*）。他的课反响巨大。此外，曾于 1941 年在安的列斯与他有过一面之缘的安德烈·布勒东，对《还乡笔记》大加赞赏，公开尊称他为"一位伟大的黑人诗人"。1945 年 5 月，三十二岁的塞泽尔成功当选法兰西堡市市长。

1939 年应征入伍的桑戈尔，则作为战俘在德国的战俘集中营度过了十八个月时光。凭借强大的意志力，他在战俘营中依然阅读柏拉图，学习德文并进行诗歌创作。后来，和战前一样，他在巴黎的一所中学任教，并开始撰写语言学博士论文，期待能到大学任教。无论是在巴黎，还是在达喀尔（几年前他曾代表法属西非总督在那里执行任务），越来越多的人开始谈论他。1945 年这一年，他刚刚出版了首部诗集《影之歌》（*Chants d'ombre*）。

其中一首《致诗人的信》（*Lettre à un poète*），正是献给"亲爱的兄弟和朋友"塞泽尔的。身处被占领时期的法国（诗作写于 1944 年），桑戈尔用二十多行明艳热烈的句子，表达着长久分离带来的苦痛，饱含深情地呼唤着他的知己：

在我水井般的记忆深处，我抚摸着

你的脸庞，汲取那唤起我绵绵长恨的清水。

[……]

我的朋友我的朋友——啊！你一定要回来你一定要回来！

我托船夫捎信给你：我将在卡雅楝树下等你。①

《影之歌》出版时，等待的日子也即将结束。

*

1945 年 10 月，在战后首次议会选举中，塞泽尔和桑戈尔分别当选马提尼克议员和法属西非（塞内加尔和毛里塔尼亚选区）议员。几天后，当这对朋友同处波旁宫的座椅上时，他们的激动和喜悦之情可想而知，塞泽尔后来说"我们相拥在一起"②。塞泽尔和共产党议员们一起，桑戈尔与工人国际法国支部（SFIO）的议员们一起，列坐在议会半圆会场的左侧区域，并将在此共事十四载。

---

① 桑戈尔，《影之歌》，见《诗集》，同前引书，第 14—15 页。卡雅楝，塞内加尔桃花心木的别名，是非洲稀树草原上的大乔木。此处的"卡雅楝"是对《还乡笔记》中几行最有名诗句的隐秘暗示和默默致敬："哎呀呀，高大的卡雅楝树！/哎呀呀，那些从未发明过任何东西的人。"这一互文意味深长，诗中"回来"的呼唤除了可以从地理距离的角度理解，还可以理解为是在鼓励对方发表新的诗作。

（《致诗人的信》选段内容大体采用曹松豪、吴奈译本，有微调，见《桑戈尔诗选》，外国文学出版社 1983 年版；《还乡笔记》选段内容系译者自译。——**译注**）

② 在尤占·帕尔西的纪录片《至交》（1993 年）中，可以听到塞泽尔说了这句话。

183

虽然来自不同的政党，但二人进行着类似的政治抗争：首要目的在于提高法国海外领地人们的生活质量。对他们而言，这样的抗争与他们提倡黑人传统精神的诗歌介入行动密不可分。1946年3月，塞泽尔作为"关于将瓜德罗普、圭亚那、马提尼克和留尼汪划分为海外省的法令"的报告员，力求使这四地的居民享受到与法国本土居民相同的权利，此举得到桑戈尔的大力支持。一个月后的4月11日，桑戈尔担任《宪法》草案中与法兰西联盟（Union française）有关条款问题的报告人，塞泽尔专门发表了一篇令人难忘的讲话，维护相关草案并揭露了"白人的负担这一无稽之谈"。两位议员的雄辩才华有目共睹。第二天，《神枪手报》（Franc-tireur）刊文称："我们来自海外的朋友们业已证实，在口才方面，一个黑人顶两个白人。"①

不用在国民议会与对手们针锋相对的日子里，两位诗人会待在塞泽尔的家中——先是在奥德翁附近，后搬至13区的阿尔贝-巴耶街（Rue Albert-Bayet），或相聚在位于托克维尔广场（Square Tocqueville）的桑戈尔家，抑或在他们的共同好友阿利乌纳·迪奥普（Alioune Diop）创办的非洲存在出版社（Présence africaine）见面。

---

① 科拉·韦龙（Kora Véron）、托马斯·A. 黑尔（Thomas A. Hale），《艾梅·塞泽尔其文。带评注的书目》（Les Écrits d'Aimé Césaire. Bibliographie commentée），奥诺雷·尚皮翁出版社（Honoré Champion），巴黎，2013年，第105页。

在一些公共活动和文化活动中也时常能够见到二人的身影。
1948 年 4 月,他们共同出席了纪念奴隶制废除一百周年的活动,在
索邦大学的大阶梯教室先后发表讲话。身为共产党员的塞泽尔和
往常一样,比他的同伴更加激进尖锐:他不像桑戈尔一样止步于大
家都乐见的对舍尔歇的歌颂,而是一针见血地公开断言,真正根除
奴隶制这场斗争,即便一百年后也依然长路漫漫。"黑人传统精
神"领域的两位冠军各有分工,"塞内加尔人手持花剑,安的列斯人
肩扛巴祖卡火箭筒"。[①]

*

1959 年,桑戈尔离开波旁宫,成为米歇尔·德布雷(Michel
Debré)政府的部长级顾问。但众所周知,他之后的政治生涯是在
非洲续写的。1960 年,塞内加尔和众多其他非洲国家一样选择独
立,而曾在"马里联邦"(一个由塞内加尔和马里结成的存续时间极
短的联邦)担任联邦议会议长的桑戈尔,于 9 月 5 日被推选为塞内
加尔共和国总统。

塞泽尔激动万分:这次当选不仅是朋友的胜利,更是非洲解放
和自主梦想的实现。"黑人传统精神"将成为真正的政治纲领。同
年,他在诗集《带镣铐》(*Ferrements*)中表达了对非殖民化运动的热
情。始作于 1959 年的《向第三世界致意》(*Pour saluer le Tiers*

[①] 让-米歇尔·吉昂,《列奥波尔德·塞达·桑戈尔:法语地区一个幻想的诞
生》,同前引书,第 102 页。

Monde）是一首献给桑戈尔的诗。这首诗是胜利的欢呼，是非洲的赞歌，更是对十五年前那首《致诗人的信》的绝佳回应：

看：

非洲再也不是

不幸这颗钻石之中

一个满是划痕的黑色心了。

*

达喀尔谢赫-安达-迪奥普大学（Université Cheikh-Anta-Diop）前任教授、非洲口述文学著名专家莉莉安·凯斯特鲁撰写于 1963 年的博士论文，是第一篇研究黑人法语作家的博士论文。直至 2018 年 2 月去世，凯斯特鲁一直是为数不多的同时熟读塞泽尔和桑戈尔的人之一。2017 年 12 月的一个下午，这位时常往返于达喀尔和巴黎的前辈在她那个距离植物园仅几步之遥的小公寓中接待了我们。

纤瘦的身影，充满活力的微笑，几乎一见面便以"你"相称。莉莉安·凯斯特鲁的热情是显而易见的。她是如此简单、如此随和，甚至毫不设防，会让人立刻忘记她其实与一位国家元首交情匪浅。她给了我们两条宝贵的建议：读某篇文章，给某人写信。交谈期间，她还朗诵了几首诗，并带着愉快的口吻，用三言两语描述了两位诗人各自的性格："塞泽尔的世界观充满悲剧性，桑戈尔则完全不同,他有着某种对幸福的追求。"

她突然有些感慨,接着向我们讲述了这对朋友的关系在 20 世纪 60 年代的骤然遇冷。

1962 年 12 月,塞内加尔正经历一场重大的政治危机:面对一些议员提出的不信任案,时任总理马马杜·迪亚(Mamadou Dia)动用军队封锁了国民议会大楼;第二天,桑戈尔下令逮捕了迪亚。被粉碎的政变? 悲剧性的误会? 还是权术家的阴谋? 时至今日,针对这一事件的争论仍未停止。1963 年 5 月,特别法庭判处迪亚终身监禁,而桑戈尔则通过公民投票,掌握了更大的权力,兼任总统、政府首脑及唯一政党党首。

塞泽尔极为震惊。他与桑戈尔之间确实存在许多分歧,"我一生有一半时间都在和他吵嘴"[1],但是,这一次的事情无关诗歌、精神或针对"黑人传统精神"定义的辩论:塞泽尔将此视为一种独裁。当法国知识分子发起联署请愿,反对监禁马马杜·迪亚时,塞泽尔也签了名。[2] 身在达喀尔的诗人总统深受打击。对此,莉莉安·凯

---

[1] 塞泽尔对达尼克·赞德罗尼斯(Dannyck Zandronis)所言,1980 年,引自科拉·韦龙与托马斯·A.黑尔合著的《艾梅·塞泽尔其文。带评注的书目》,同前引书,第 529 页。

[2] 据莉莉安·凯斯特鲁回忆,此次请愿的发起人为与迪亚关系十分紧密的经济学家弗朗索瓦·佩鲁(François Perroux)。需要明确的是,科拉·韦龙和托马斯·A.黑尔虽整理了塞泽尔所有的署名作品,但在他们那部体量浩大的作品中,却未见诗人曾参与其中一封公开信的任何踪迹。1993 年,在尤占·帕尔西拍摄的纪录片中,塞泽尔的妹妹曾提到"数年监禁后的一次请愿"。

斯特鲁解释道："桑戈尔被刺伤了。塞泽尔居然会参与签署一份反对他的声明。塞泽尔的这一举动比声明本身更让桑戈尔感到难受。他无法理解。"

此后十几年，塞泽尔和桑戈尔一直关系不睦。

不过，1966年4月，当桑戈尔在达喀尔组织第一届世界黑人艺术节时，塞泽尔和众多来自美洲、非洲及欧洲的宾客共同出席了活动。他拒绝和作为塞内加尔总统的桑戈尔一起接受访问，但桑戈尔还是安排演出了塞泽尔的一部剧作《国王克里斯托弗的悲剧》（*La Tragédie du roi Christophe*），向其致意。

1972年秋，得益于莉莉安·凯斯特鲁的努力，桑戈尔和塞泽尔终于再次相见。她作为中间人，说服艾梅·塞泽尔给老朋友打电话。不久后，桑戈尔回到法国度假，他利用此次机会邀请塞泽尔到他位于巴黎的公寓见面。很快，"一切都恢复了原来的样子，他们之间不再有隔阂和阴影，又开始经常见面"。

后来，塞泽尔多次前往塞内加尔旅行。"当然，桑戈尔请他住在总统府，不过他更喜欢待在妹妹家。"

*

1976年2月13日，法兰西堡市政厅大楼的门楣上挂起一条横幅——"欢迎黑人传统精神的颂扬者"，塞泽尔出现，人群欢呼。在他身边，还有一位神采飞扬的贵客：塞内加尔总统。他利用对海地进行国事访问的机会，在马提尼克稍作两日停留。

"总统先生,"议员兼市长塞泽尔庄严致辞,"请您允许我这么说,我今天欢迎的不仅是总统、作家,更是朋友,就是这么简单。"或许他是在调侃多年前作为新生的自己以"您"称呼桑戈尔时毕恭毕敬的态度⋯⋯但感情却显而易见。上一次踏上这片土地的非洲国家元首,是1894年被法国流放至此的战败的达荷美国王;而此次受邀前来的桑戈尔,则象征着"一个完全不同的非洲,一个在权利和尊严中复兴的非洲"①。

　　官方致辞后,是密友重聚。当天拍摄的影像记录下了塞泽尔和桑戈尔在市政厅花园进行深入交谈的画面。此时,总统随从队伍中的一个塞内加尔官员向两位诗人提出拍摄请求。桑戈尔微笑着解释道:这位军官在十一小时的飞行时间里都在专心阅读一本关于塞泽尔的书。塞泽尔在随行人员的哄笑中回答:"看得出塞内加尔军队是一支极富修养的军队。"②

　　桑戈尔还为他的老朋友准备了一份特别的礼物:随他一道前来的还有一支塞内加尔剧团。当晚,这支剧团演出了《国王克里斯托弗的悲剧》。这也是这部作品首次在马提尼克上演。对塞泽尔而言,这当然是一大乐事,但更是他个人的一次胜利:警察局此前拒绝为这支剧团的演员发放入境签证,桑戈尔为了能让朋友收到

① 致辞转载于让-米歇尔·吉昂《列奥波尔德·塞达·桑戈尔:法语地区一个幻想的诞生》,同前引书,第237—238页。

② 萨拉·马尔多罗(Sarah Maldoror),《艾梅·塞泽尔:天亮之后》(*Aimé Césaire: au bout du petit matin*),法国国家科学研究中心视听材料部(CNRS Audiovisuel),巴黎,1977年。

这份特意准备的心意,甚至险些"制造一场外交事故"①。

第二天,在开展了一场关于"黑人传统精神"的公开讲座后,桑戈尔满载着他早有耳闻的从"故乡"带来的惊喜,重新上路。

*

1980 年 12 月 31 日,桑戈尔主动请辞。他回到法国,定居维尔松,住在第二任妻子科莱特(Colette)的家宅中。这位古稀老人誉满天下,盛名累累。身为世界几十所大学的名誉博士以及法兰西学术院(Académie française)院士(1983 年)的前总统桑戈尔,还将自豪地看到自己的诗作出现在 1987 年教师资格会考的考纲中。

这一切不过是虚名罢了,桑戈尔本质上有着一颗破碎的心。他曾对一位身边人说,每天早上醒来,"他都在找一个不去寻死的理由"②。科莱特和桑戈尔一直无法摆脱丧子之痛:1981 年,他们的儿子菲利普·玛吉兰(Philippe Maguilen)在达喀尔遭遇车祸,当场死亡。三年后,诗人同前妻所育的两个儿子当中的一个又在巴黎去世。除了家庭的不幸和老去的悲伤,桑戈尔还承受着政治上的伤害。他深知自己已不受本国人民爱戴:他被指控为一个懦夫,一个过于亲法的"白心黑人"。他对杂糅及融合的颂扬(身为塞内

---

① 让-米歇尔·吉昂,《列奥波尔德·塞达·桑戈尔:法语地区一个幻想的诞生》,同前引书,第 235 页。
② 达尼埃尔·马克西曼(Daniel Maximin),《艾梅·塞泽尔,火山兄弟》(Aimé Césaire, frère volcan),瑟伊出版社,巴黎,2013 年,第 56 页。

加尔和诺曼底之子的菲利普·玛吉兰便是实例),有时也会被视为对"黑人传统精神"的背叛。

"桑戈尔现在是忧郁的,他是孤独的。"[1]塞泽尔悲伤地指出。

虽然年事已高,虽然相距遥远,虽然在"黑人传统精神"和"法语地区"的定义上存在分歧,但他们的友情"依然如初,[……]坚不可摧,安如磐石"[2]。直至2001年桑戈尔逝世,塞泽尔(于2008年谢世,同样是在九十五岁的年纪)都在不断书写着他们之间情谊的见证。

其中最动人的一篇或许当属他的诗歌《迪亚利》(*Dyali*)。

*

瓜德罗普诗人、作家达尼埃尔·马克西曼于1965年在非洲存在出版社结识了塞泽尔。很快,他成了塞泽尔的密友之一,多年来一直致力于推广这位前辈的作品。2017年12月,就在我们同莉莉安·凯斯特鲁见面几天后,马克西曼在他位于圣马丁河附近的家中热情接待了我们,为我们讲述了《迪亚利》的故事。

1987年或1988年,马克西曼想要从塞泽尔那里收集一些与桑戈尔有关的故事,用作法国文化广播电台(France Culture)一档节

---

① 1988年的访谈,引自科拉·韦龙与托马斯·A.黑尔合著的《艾梅·塞泽尔其文。带评注的书目》,同前引书,第628页。

② 塞泽尔致桑戈尔的信,见《桑戈尔存在:90篇文章致敬90岁的诗人总统》,同前引书,第39页。

目的素材。塞泽尔有些不乐意,但最终表示需要一些时间考虑。几天后,塞泽尔把马克西曼请到他在阿尔贝-巴耶街的家中,笑着对他说不用做访谈了。"你可以把录音机收起来了!"他准备了更好的东西,即一首诗。"我重读了所有东西,在他写的其中一首诗中发现了一个最能够定义他的密语:列奥波尔德就是'迪亚利',非洲游吟诗人。"

达尼埃尔·马克西曼津津乐道于这一回忆,他带着极富感染力的激情,为我们朗诵了这首诗的一大段:

> 传送生命琼浆和绿色柔情之人
>
> 发明人民及其萌芽之人
>
> 为其守望信风之人
>
> 主宰其言语之人
>
> 你说迪亚利
>
> 我再说迪亚利[……]
>
> 农民培育种子的耐心
>
> 和扎根之咒的固执

他停下来,告诉我们在读到这些诗句时他内心的赞叹:塞泽尔将桑戈尔奉为一位启蒙者,他要做的只是重复启蒙者的奠基话语。马克西曼随后解释道,这里勾勒出的是桑戈尔的形象——一位深深扎根于土地和昔日非洲的若阿勒农民,但反过来看,它同时也是

192

塞泽尔的一幅自画像：他"唯独缺乏耐心，更自认为是背井离乡的无根之人，和所有奴隶的后代一样"。

写一首关于桑戈尔的诗而非回答关于桑戈尔的问题，这或许是出于谨慎，也可能是塞泽尔用以封存他们之间分歧的一种雅致的方式，但一定是一位诗人能够给予另一位诗人的最美的友谊见证。

11

上帝之手

1970 年 11 月 25 日,五个身穿制服的人出现在东京市谷自卫队驻地,为首的是日本家喻户晓的人物之一:作家三岛由纪夫。

　　自卫队东部方面指挥官益田将军接待了他们。会面很快变了味:三岛由纪夫和他的随从们按原定计划劫持了将军。益田的部下试图解救他,却被军刀刺退。三岛由纪夫提出要求:让自卫队军官们在总部大楼前集合。

　　这一要求得到了满足。与此同时,警察和媒体也闻讯赶来。正午时分,三岛由纪夫额前系着头巾,手上戴着白手套,出现在阳台上,准备向自卫兵喊话,但楼下的人群根本不买账。他试图发表演说,主旨为日本应重拾传统,重建一支名副其实的军队,并像"二战"前一样保卫天皇的"神圣地位"。这些自卫兵自然是把他当成一个疯子,要求他立即停止这场闹剧。辱骂、嘲笑随即袭来。

　　三岛由纪夫中断演说,退回到办公室内——益田依然被捆绑在此。他脱下制服上衣,解开裤子,跪在地上,手持短刀,不顾将军呼止,按照日本的切腹仪式,决绝地剖开了自己的腹部。三岛倒在地毯上后,他的助手森田为其介错①,但没有成功。后来,第三个人终于完成介错,并砍下了同样切腹自杀的森田的头颅。

剩下的三人放走了人质,摆齐两具尸体,捡起二人的首级,立放在地。大功告成。

三岛由纪夫终年四十五岁。

两个月后,即 1971 年 1 月 24 日,葬礼在东京筑地本愿寺举行。仪式庄严肃穆,数千人前来吊唁这位作家,或在他的遗像前烧一炷香。

当日拍摄的一张照片中,三岛由纪夫的遗孀及家人的身旁坐着一位老者。所有人都低着头作默哀状,唯有他睁着双眼直视前方,双手交叠而放,苍白的面容上布满了岁月的痕迹。

葬礼仪式正是由他主持。身材瘦弱、声音轻柔的他开始致悼词,随后朗读了三岛数月前寄给他的一封信中的一段:"小生所惧怕的并不是死,而是死后家族之名誉。[⋯⋯]无法忍受死后孩子们遭到嘲笑。能够庇护他们的,唯有先生,谨请允许从现在起就仰仗先生的庇护。"②

---

① 介错是指在日本切腹仪式中切腹自杀行为因某种原因失败后的补充斩首行为,让切腹者免受痛苦折磨。——译注
② 川端康成、三岛由纪夫,《通信集,1945—1970 年》(*Correspondance*,1945—1970),D. 帕尔梅(D. Palmé)译,阿尔班·米歇尔出版社,巴黎,2000 年,第 167 页(1969 年 8 月 4 日)。
（此处采用许金龙译本,有微调,见《川端康成·三岛由纪夫往来书简集》,昆仑出版社 2000 年版。后文中涉及此书的内容均照此处理,后不逐一加注。——译注）

这个被逝者委以重任的人,这位因三岛由纪夫离世而遭受打击的悲痛的老者,就是川端康成。他是首位获得诺贝尔文学奖的日本作家,也是三岛由纪夫的师友。

*

1945 年 7 月 18 日,一个二十岁的青年站在自己房间的窗前,他长着一张长脸,五官粗犷,眉毛浓乱,眼睛炯炯有神。他眼前是一排排宿舍楼——这是刚被征召至此的他日常起居的地方。稍远处,有他喜欢凝视的大烟囱和云朵。他尽他所能装饰了房间:墙上挂着一幅书法作品,架子上整齐地摆放着中意作家的作品,屋中一角的花瓶里插着一束蓟花。

此时的三岛由纪夫十分忧郁。他刚刚在一封信中向一位他未曾谋面但钦佩不已的作家道出了心中的疑虑和希冀。那个人就是川端康成。川端比三岛年长二十五岁,因《伊豆的舞女》(1927 年)和《雪国》(1935 年)而成名。早在四个月前,三岛由纪夫就给川端康成寄去过一份手稿,或隐秘或明显地期冀着能够引起他的注意:"我只想对先生述说,想请先生垂听,却尽说了些呓语一般的话。"①

一个新人想要在日本文坛立足很困难,介绍人的保驾护航几乎必不可少。1946 年 1 月,三岛由纪夫鼓起勇气询问前辈能否前

---

① 川端康成、三岛由纪夫,《通信集,1945—1970 年》,同前引书,第 37 页(1945年 7 月 18 日)。

去其居所拜访,住在距东京五十多公里的镰仓的川端康成同意了。三岛后来说他也不知道当时哪儿来的勇气敢这么做。①

显然,三岛由纪夫的天然魅力发挥了作用:川端康成视其为"弟子"。或许他在三岛身上看到了不少自己的影子,尤其是二人都着迷于"死亡"和"同性恋"主题。

川端康成将作为"师父",带着谨慎和宽厚,对这个年轻人交给他的手稿进行细读和评注。最重要的是,他让三岛由纪夫进入了文坛:得益于川端康成的工作,三岛由纪夫于1947年6月在一本杂志上发表了第一部短篇小说《烟草》。三岛喜不自禁。对此,他的弟弟说,这好像是"上帝之手,这上帝当然是川端,突然从天而降,把他托举于掌心之中"。②

同年,也是在川端康成的鼓励下,二十四岁的三岛由纪夫开始创作一部真正的中篇小说《假面的告白》(后于1949年出版)。川端发自内心地欣赏此作,在一篇题为《三岛由纪夫,20世纪50年代的希望》的文章中向这部作品致意。

*

师父与弟子,他们最初的关系确实严格遵照这一模式发展。

---

① 约翰·内森(John Nathan),《三岛由纪夫传》(*La Vie de Mishima*),T. 克内克迪(T. Kenec'hdu)译,伽利玛出版社,巴黎,1980年,第103页。(此书已有中译本,常永利译,上海译文出版社2020年出版。本章中涉及此书的内容均引自此版本。——译注)
② 引文出处同上,第104页。

川端康成几乎很少创作,自退隐后似乎仅满足于应这个晚辈的殷切请求为其作序——三岛由纪夫因川端康成答应为他的一部短篇小说作两页的序而欣喜若狂:"抄录副本后将先生原稿带回家中,让双亲和弟弟一起参阅,我自己也十数遍地反复阅读,先生的关怀沁入我的心底。"[1]

不过,别被三岛由纪夫作为后生所展现的热情和恭敬的态度蒙蔽,自友谊诞生之初,三岛从未掩饰过其与师长比高之志。他曾写道,重新拜读《雪国》,"如牧童梦想着有朝一日能够攀上那座大山一般,唯有仰视并憧憬遥远的阿尔卑斯那葱茏的巅峰"。[2]

*

1956 年 10 月,川端康成写信告知三岛由纪夫,他刚收到《雪国》的英译本:封面上的艺妓可能会让西方读者摸不着头脑;更令他吃惊的是封底上的作者简介,这个名叫川端康成的人"发掘并提携了三岛由纪夫等杰出青年作家"。他对此自嘲:"我的名字也许会因为对你的发现这个光荣的误会,而存留于文学史吧。"[3]

此时,川端康成面对的不再是一个弟子,而是一位同仁。继 1949 年《假面的告白》后,1954 年的《潮骚》,特别是 1956 年的《金阁寺》,为三岛由纪夫赢得了此前他一直未获得的名家地位。他的名

---

[1]《通信集,1945—1970 年》,同前引书,第 71 页(1948 年 11 月 2 日)。

[2] 同上,第 50 页(1946 年 4 月 15 日)。

[3] 同上,第 100 页(1956 年 10 月 23 日)。

声之所以姗姗来迟，也是因为他给自己树立的公众形象与日本社会格格不入。20 世纪 50 年代中期开始迷恋健身的三岛由纪夫会毫不犹豫地展示自己的身体；他当过学徒演员，还演过日本黑帮电影；他不仅穿着西式紧身 T 恤，把衬衣敞开，身披皮夹克，剃光头，以"坏小子"的形象示人，还拍过一系列大露肌肉的写真。他什么都敢做，冲破桎梏，四处旅行，连开讲座，接受采访。他已然成了"名人"。1958 年，一家报社甚至针对女性读者进行了调查，询问如果皇储和三岛由纪夫是世上仅存的男人，她们更愿意嫁给谁。结果，半数年轻女性均答复称宁可选择自杀。[①]

川端康成的境况则大为不同。虽然写出了《千只鹤》（1952年)、《山之音》（1954 年)、《睡美人》（1961 年)以及《古都》（1965 年）等一部部代表作，他还是渐渐陷入了一种抑郁的状态。他曾在信中抱怨创作困难、长期失眠以及胃痛。无力感不断吞噬着他，他开始依赖安眠药，身体也日渐消瘦，甚至形容枯槁。当塞西尔·比顿（Cecil Beaton）前来为他拍摄照片时，川端康成还对"这种一副贫寒相的文化输出"[②]深表遗憾。

他的谦虚、他的忧郁倾向以及他对三岛由纪夫的尊重，让人感觉他与这个年轻朋友的关系似乎颠倒了过来。现在，年长的师父反而显得慌张失措："前天晚上，因感佩于你[……]的谈话技巧，竟

① 约翰·内森，《三岛由纪夫传》，同前引书，第 161 页。
②《通信集，1945—1970 年》，同前引书，第 105 页（1957 年 2 月 7 日）。

忘却致谢，太失礼了。"①川端康成总认为自己的作品是失败之作，却对三岛由纪夫赞不绝口——这在别人那里或许仅仅是客套话，但在他笔下，却带着最刺痛人心的真诚的分量："昨日深夜和今日连续拜读，掩卷之际，越发感佩于你的锐利目光，现在即便想要效仿，也是望尘莫及了！"②

*

优秀的三岛由纪夫并未因川端康成的尊重而变得傲慢。这个前途无量的年轻人依然对导师无比忠诚，不放过任何一个效忠的机会。他定期拜访，不间断地去信，对川端康成关怀备至：他会建议川端像他一样去健身房锻炼（甚至还说要帮他找一个私人教练），也会给他寄去一些礼物（糕点、台灯），或者送去自己剧作的演出票。

1958年秋，川端康成因胆囊问题需要到东京住院治疗，三岛由纪夫悉心给出不少建议，还写了一封长信，详细列出了可能用到的所有物品：枕套、睡袍、抹布、肥皂、挠痒耙、饭碗、牙签、擦菜板、"放置探视者的鲜花"的大花瓶，甚至还有用来"放置打开了的罐头"③的带盖容器。他无比周到地推荐了一家商店，并明确告知这家店周一不营业，还提到他的母亲会协助川端康成购置这些物品，

---

① 《通信集，1945—1970年》，同前引书，第129页（1959年12月11日）。
② 同上，第139页（1963年9月23日）。
③ 同上，第118—121页（1958年10月31日）。

也会在入院当日前去陪同！

＊

1958年6月1日，东京国际文化会馆的美丽花园中。此地特作接待造访日本的外国学者之用，平时也举办展览、音乐会和讲座。是日，这座由观景玻璃窗和混凝土梁构成的三层现代建筑的大楼里迎来了另一桩喜事：一场婚礼。

照片上，三岛由纪夫和年轻的妻子瑶子容光焕发：他身穿黑色燕尾服，戴一条上过浆的波点领带，胸口别着一朵白玫瑰，手里拿着手套，看起来有些僵硬；她一袭白色蓬蓬裙婚纱，一顶坠着头纱的花环，颈间一条珍珠项链。花园中的三岛由纪夫在镜头前有说有笑，没人会猜到，这场宴会的气氛其实十分压抑。

虽然表面上看不出来，但其实抛开地点和服装，这是一场彻彻底底的日式婚姻，三岛由纪夫做此决定是为了满足父母的期待。他一直担忧母亲新染的病，又必须出于敬畏而被迫遵从当时的社会规约，所以，即便他是同性恋，他还是决定找一个妻子，标准还十分具体：比他矮，要与文学圈无关，这样就永远不会干扰他的工作。

一位老友做媒，将日本名画家之女、完全符合条件的杉山瑶子介绍给了三岛由纪夫。年轻的姑娘对这门亲事充满期待，但她的家族却颇为犹豫，因为未婚夫的名声很糟糕，而且瑶子出嫁后不得不中断学业去照顾丈夫，这让双方家长的会面商讨（这在日本是结婚必经的第一步）变得异常艰难。

从庆祝仪式到随后国际文化会馆的婚宴,剑拔弩张的气氛始终没有得到缓和。身为贵宾的川端康成也成了受害者。他应三岛由纪夫的请求,担任"媒妁"的传统角色。作为对接受这一嘱托的川端康成的报答,三岛由纪夫的父亲赠予他一只法国银质餐盘。[①] 川端康成肩负着主持盛大晚宴并正式为双方家庭互做介绍的重任,但令他无奈的是,新娘的家人和新郎的亲友都拒不发言……

*

川端康成和三岛由纪夫均有深厚的西方文化积淀,那既是二人学识的重要组成部分,也是他们不断进行自我观照的参照对象。在他们的往来通信中,我们会惊讶地看到,他们既能对希腊古典作品信手拈来,又会引用德国浪漫派作家或法国作家的作品——三岛由纪夫深受拉迪盖的影响。他们也时常谈起电影、绘画或雕塑。此外,这对朋友还多次游历欧洲和美国:在笔会(Pen Club,一个国际作家协会)十分活跃的川端康成主要是因公四处拜访;而三岛由纪夫则先是以记者的身份云游四海,后来还到访过美国、法国和希腊,直至去世,他一共进行过七次环球旅行。

其实,两位作家均试图在东西两种文化中找到某种平衡。在国外住大房子的三岛由纪夫曾去迪士尼乐园游玩,甚至还过圣诞

---

① 《通信集,1945—1970年》,川端康成致三岛由纪夫之父的信,第113页(1958年7月2日)。

节,但也从未忘记在日本最重要的节日——新年之际给川端康成送去礼物:1953年的新年礼物是一条微咸的三文鱼。相反,不似朋友这般倾向于寻求西化的川端康成,也会自然而然送出"在美国电影中"见过的那种礼物:三岛由纪夫的女儿出生时,川端康成曾送上一件婴儿连体衣。①

1964年12月底,川端康成前去拜访三岛由纪夫。友人家的装修风格十分奇特,新古典风格的家具、油画、插满干花的花瓶和厚重的窗帘共挤一室,但这并未扰乱川端康成的兴致,他很高兴再见到三岛,此次会面对他而言就像"一片晴空"②。按照每年这个时候的习俗,他带来了一份礼物。那是阿里斯蒂德·马约尔(Aristide Maillol)雕塑的小像"丽达"(Léda,被化身为天鹅的宙斯引诱的斯巴达王后)的一座仿制品。丰腴的丽达坐在底座之上,作惊恐状,可以想见,她或许发现了脚边那只威严的天鹅。川端康成记得三岛由纪夫家存有一幅丽达像的素描画。三岛谢过他,十分兴奋地说"打算在各处试放过后再决定"③。

最后,他为这座丽达像寻购了一个大理石底座,把它放在壁炉台上,然后拍下了装点一新的室内,迫不及待地把照片寄给川端康成。就这样,古希腊和西方艺术再次与日本紧紧联结。

---

① 《通信集,1945—1970年》,同前引书,第130页(1959年12月18日)。
② 同上,第146页(1964年12月25日)。
③ 同上,第145页(1964年12月22日)。

1968 年 10 月 17 日 19 点 30 分,三岛由纪夫从出版商俱乐部的电报室走出。他此前一直在这里等待。消息刚刚公布。

"是川端康成先生。"

这是诺贝尔文学奖第一次颁给一位日本作家。

三岛由纪夫拿起电话恭贺友人,随即拟定了一篇用于发表的祝贺文章。他在文章中着重指出,川端康成深谙如何在忠于日本传统和拥抱现代性之间找到平衡。随后,他回家换了衣服,和妻子一同去往镰仓。

胶片记录下了三岛由纪夫拜访川端康成的场景。画面中,三岛由纪夫陪同川端康成一起,在后者居所(背景中清晰可见)的庭院内接受一位文学评论家的采访。三人分别坐在扶手椅上,围坐在一张摆放着三支话筒的矮桌旁。川端康成微笑着,纤瘦的他身穿一件宽大的黑色和服,神色有些茫然,穿着西服打着领带的三岛由纪夫向他表示祝贺,川端康成轻声说:"其实,我尴尬极了。我一点儿也不想得这个奖。"

"您一定是在说笑!"三岛由纪夫回应道。[1]

事实上,三岛由纪夫虽然确实替朋友高兴,但心中也不免有些苦涩。多年来,到处都有人说,总有一天获奖的会是三岛由纪夫。1967 年,传闻活灵活现,声称他专为印度之行找了一个随行记者,

---

[1] 《三岛由纪夫奇案》(*The Strange Case of Yukio Mishima*),迈克尔·麦金太尔(Michael McIntyre)为英国广播公司(BBC)拍摄的纪录片,1985 年。

以防万一。他甚至已算好归期，以便能在获奖结果揭晓当天回来。①

　　"十年之内他们不会再颁奖给日本作家了！"②他在从东京去往镰仓的路上如是说。

　　对于这句话，人们议论纷纷，尤其是在三岛由纪夫去世后。一些人认为，他内心的失望正是导致他发生转变并在两年后试图煽动军队、切腹自杀的主因之一。他感到沮丧，这一点几乎可以确定。他的小说销量已不如初期傲人，彼时彼刻，他又是否忌妒川端康成呢？或许如此，但无从证实。无论如何，作为川端康成的大弟子，他确实沾到了师父的一部分荣光——川端康成加冕诺奖后的首次访谈就是在三岛由纪夫的陪同下进行的！因此，似乎很难将此前已在三岛心中萌芽的对这个时代、对民族主义思想、对他自己在诺奖结果公布十多天前成立的私人武装"盾会"的狂热兴趣，统统归因为他的失望。

*

　　三岛由纪夫去世时，盾会共有一百多个成员，绝大多数是大学

①　亨利·斯各特·斯托克斯（Henry Scott Stokes），《三岛由纪夫的生与死》（*Mort et vie de Mishima*），L. 迪雷（L. Dilé）译，巴朗出版社，巴黎，1985 年，第 199 页。
　　（此书已有中译本，最新版本：《美与暴烈：三岛由纪夫传》，于是译，北京联合出版公司 2020 年 3 月出版。——译注）
②　约翰·内森，《三岛由纪夫传》，同前引书，第 257 页。

生。他亲自为成员们设计制服、编写战歌，并从日本军方处获得在军营中对他们进行训练的许可。

已远离一切政治抗争多年的三岛由纪夫，思想极其保守，或者说十分反动。他极力主张恢复日本往昔的辉煌，哪怕为此付出生命的代价，甚至在必要时可以切腹自杀，就像他在1966年执导的短片《忧国》中呈现的那样。而这部短片，也成了1970年那一幕的彩排和预演。

很难知道川端康成究竟如何看待三岛由纪夫的这番转变。在得知盾会创立之时，他似乎并未表示赞赏。可以想见，他至少对此是持怀疑态度的。或许他和当时的大多数日本人一样，觉得这只是三岛由纪夫这个怪诞之人的又一个奇想罢了。

这段时期，他们通信的频率大大放缓，见面的次数也少了很多。1968年新年，三岛由纪夫第一次没有在这一天去拜访川端康成。1969年，三岛由纪夫邀请导师参加盾会成立一周年的仪式，却被谢绝了。①

从二人最后的通信中仍能看出，他们依旧互相欣赏：三岛由纪夫称川端康成拥有和普鲁斯特一样的才华；川端康成也表示，阅读三岛由纪夫的散文《太阳与铁》（在这部作品中，三岛将暴烈之死视为接近美的一种方式）让他深受震撼。此外，我们或许能从三岛由纪夫说过的两句预言中找到蛛丝马迹。第一句是在1969年，"小

---

① 在三岛由纪夫的传记中，身在现场的亨利·斯各特·斯托克斯细数了当晚出席活动的名人贵宾，并未提及川端康成。

生还是义无反顾地向着 1970 年一点一点地做着准备。"①第二句是在 1970 年,"越发觉得,时间的一滴一滴都如同葡萄酒一般尊贵,对空间的事物却几乎丧失了一切兴趣。"②

*

1970 年 11 月 25 日,三岛由纪夫真的想发动政变吗?他会不会是想逃避衰老,在肉体最饱满、精力最旺盛的年华死去?他会不会是想以暴烈的方式,为年轻时便信奉的美的终极理想献出肉体?他安排他喜欢的副手森田为自己斩首,会不会是为了殉情?

在唯一一次关于这个问题的声明中,川端康成叹道:"真是糟蹋啊,这种死法!"③

葬礼当天拍摄的那张照片中,他的神情比一切声明都更能说明问题。他接受过警方的问询,但说不出话。他见证过友人之死所引发的人们情绪上的巨大反响。他凝视过友人被斩下首级的尸体和依然绑着头巾的头颅——面容清晰可辨,嘴巴微张。

---

① 《通信集,1945—1970 年》,同前引书,第 166 页(1969 年 8 月 4 日)。
② 同上,第 170 页(1970 年 7 月 6 日)。
③ 引自让·佩罗尔(Jean Pérol)《三岛由纪夫之死:"爱欲+残杀"》(*La mort de Mishima*:"*Éros + Massacre*"),载于《新法兰西杂志》(*La Nouvelle Revue française*),1971 年 3 月第 219 期,第 51 页。

*

一年半后的 1972 年 4 月，人们在川端康成隐居工作之地、海滨小城逗子的一个公寓内发现了他的遗体。那年他七十二岁。据川端康成身边的人回忆，他一直对自杀持反对态度，这次或许只是忘了关闭煤气阀门。在很多人看来，川端康成是以他自己的方式，悄无声息地结束了生命。

几天之前，川端康成曾对身边的人说，三岛由纪夫的幽灵来过，呼唤他与之团聚。①

---

① 亨利·斯各特·斯托克斯，《三岛由纪夫的生与死》，同前引书，第 316 页。

12

挨着饿歇斯底里浑身赤裸

视频拍摄于 1975 年 11 月的马萨诸塞州洛威尔埃德森公墓
(Edson Cemetery)的一条小路上。左边那个人是鲍勃·迪伦：他头
顶羽饰礼帽，戴着墨镜，身穿红白格子衬衣、黑色外套和蓝色牛仔
裤，一只手插在口袋里。他身旁的男人比他略高，谢顶，圆框眼镜，
长发，大胡子花白。这个人就是"垮掉的一代"的代表人物、"嬉皮
士"运动先驱、诗人艾伦·金斯堡，他正陪同鲍勃·迪伦在全美进
行系列大型演唱会"滚雷巡演"。

　　他们刚刚创作了一首蓝调，此刻正盘着腿坐在草地上。

　　他们身后，树木光秃秃的，枯叶满地，墓碑处处。

　　"你去过契诃夫的墓吗？"迪伦用嘶哑的嗓音问道。

　　"没有……但我去过马雅可夫斯基的墓，在莫斯科。你看过谁
的墓？"

　　迪伦沉默了一会儿，答道："维克多·雨果。"①

　　他们脚边，有一小块被秋叶掩盖了一半的大理石板，上面刻着

------

① 视频是纪录片《雷纳多和克拉拉》(*Renaldo and Clara*，1978 年)中的片段。
　 纪录片由鲍勃·迪伦参与编剧并亲自执导，可在 Youtube 上查阅。

一个名字。那也是一位作家:杰克·凯鲁亚克。

*

1944 年春,纽约,哥伦比亚大学附近。一个腼腆的大学生按响了杰克·凯鲁亚克和女友埃迪·帕克(Edie Parker)所住公寓的门铃。他"一头黑发",神情"悲悯","猫头鹰般的眼神"①藏在一副大大的玳瑁框眼镜后面。

他此前从未见过凯鲁亚克。是二人共同的朋友卢西安·卡尔(Lucien Carr)给了他凯鲁亚克的地址,鼓励他登门拜访。二十二岁的凯鲁亚克彼时还是无名小卒,但他身边的所有人都认为,这个在商船上干活却志在成为作家的棕发英俊少年未来大有可为。

艾伦·金斯堡记得:"他穿着 T 恤,在吃早餐⋯⋯后来,我们出了门,一起在城里走了走。他特别好奇究竟是什么会促使一个人想要见他。我跟他说我写诗。他很有兴致,非常和善,也非常亲切。"②

两人一拍即合。他们都十分欣赏陀思妥耶夫斯基,而且读过他的全部小说。此外,身为天主教信徒的凯鲁亚克和身为犹太人的金斯堡,都对灵性有着浓厚兴趣,这也使他们的写作观念中都带

---

① 卡洛琳·卡萨迪(Carolyn Cassady),《在我的路上》(*Sur ma route*),M. 韦龙(M. Véron)译,德诺埃尔出版社(Denoël),巴黎,2000 年,第 35 页。
② 金斯堡访谈(1994 年),引自让-弗朗索瓦·杜瓦尔(Jean-François Duval)的《凯鲁亚克与垮掉的一代》(*Kerouac et la beat generation*),法国大学出版社,巴黎,2012 年,第 33 页。

有些许神秘色彩。他们蔑视成规,拒绝规则,把个人自由放在首要地位——三年前,凯鲁亚克因与美式足球队教练不和而退学。他们喜欢的只有"愤世嫉俗的狂人,他们因为疯狂而生活,因为疯狂而口若悬河[……]他们渴望拥有生活中的一切[……]从不迎合别人[……]"①:诗人、反抗者,以及和他们一样的人,卢西安·卡尔那样的人,或者通过卡尔牵线认识的另一个密友威廉·S. 巴勒斯(William S. Burroughs)那样的人。

此后的时间里,凯鲁亚克和金斯堡同这些人以及别的一帮朋友一起,在哥伦比亚大学的校园里或时代广场的酒吧内度过了一个个夜晚。时光在烟草弥漫的雾气和酒精带来的迷醉中流逝,他们朗读着莎士比亚,描绘出一个新世界的蓝图。他们尝试海洛因和大麻。他们要探索一切,重塑生活。

1944 年 8 月 14 日夜,一切都失控了。因为醉酒后起了争执,卢 西 安 · 卡 尔 杀 死 了 小 团 体 中 的 大 卫 · 卡 默 尔 (David Kammerer)。惊恐之下,他把尸体扔进了哈德孙河,后在巴勒斯家中避风头,接着又躲到凯鲁亚克家——凯鲁亚克帮他藏匿了作案凶器以及受害者的眼镜。几天后,三人全部被捕。卡尔被判处两年监禁,巴勒斯很快被保释,凯鲁亚克则被临时拘留了十几天。

遇到这种情况,很多人可能会选择和朋友断交,但金斯堡却依

① 杰克·凯鲁亚克,《在路上》(*Sur la route*),J. 卡蒙(J. Kamoun)译,伽利玛出版社,巴黎,"页码丛书",2010 年,第 159 页。
　　(此处采用文楚安译本,见漓江出版社 2001 年版。——译注)

旧忠实,他不仅协助埃迪·帕克努力促使有关方面释放凯鲁亚克,还为能够到狱中探望他而奔走。由于这一愿望无法实现,他便开始给凯鲁亚克写信(这也是两人之间的第一次通信),信中谈及更多的不是当时的情势,而是果戈里、狄更斯和简·奥斯汀。[①] 只有文学才是最重要的。

*

1945 年 3 月,杰克和埃迪结婚了。这对夫妻的日子过得艰难,凯鲁亚克两地奔波,一边是父母的居住地、距离纽约三百多公里的洛威尔,另一边是第 115 街上的公寓——两人寄住在埃迪的一个女性朋友琼·沃尔默(Joan Vollmer)的家中。

金斯堡则住在学校的宿舍里。这天晚上,凯鲁亚克和他在一起,他们谈论埃迪谈得忘记了时间,最后凯鲁亚克留宿了一夜。第二天清晨,睡在同一张床上的两人被突然闯入的宿舍管理员撞了个正着。这可是个大丑闻,金斯堡因此被大学开除。

幸运的是,第 115 街的公寓里还有位置,金斯堡于是搬了过去。几个月后的九月,巴勒斯也加入了他们。虽然并不总是同时出现在那里(凯鲁亚克两地往返,金斯堡于秋天短暂加入美国海军),但这三位准作家倒也算生活在同一个屋檐下。

正是在这里,在一场以他们自己的规则进行的反社会集体实

---

① 金斯堡、凯鲁亚克,《通信集》(*Correspondance*),N. 理查德(N. Richard)译,伽利玛出版社,巴黎,2014 年,第 23 页。

验中,诞生了后来"垮掉的一代"(beat generation)真正的雏形。"beat"本为"累垮""疲惫"之意,虽然凯鲁亚克此后乐于将它与"真福"(beatitude)一词联系起来。

他们一起在哈林区的俱乐部里跳舞,并且因为没有真正的晚餐而辗转于各酒吧,狼吞虎咽地吃吧台提供的开胃小菜。白天,他们睡在地上或躺在琼·沃尔默那张六人位的大床上,学着拆开吸入器,从中取出一小条浸满安非他命的棉芯,搓成小球,就着咖啡一起吞下——这能保证他们在八小时内一直保持舒爽。1945年圣诞节前的一天夜里,在布鲁克林桥上,金斯堡精疲力竭、饥肠辘辘,凯鲁亚克不得不"背着他,往第七大道地铁站走了一公里多——而金斯堡在嘶吼着巴赫的《D小调托卡塔与赋格》"[①]。

在这个类似疯人院的公寓内,巴勒斯最年长,学问也比凯鲁亚克和金斯堡大,因而扮演了思想领袖的角色。他让他们读塞利纳、卡夫卡和威廉·布莱克。在没有因沉溺毒品而神情呆滞、两眼死盯鞋底的日子里,巴勒斯会给朋友们进行精神分析,甚或组织角色扮演游戏:他会生动演绎一个同性恋女伯爵,或一个年长的英国女管家;凯鲁亚克专门演简单粗鄙的美国农场主,而金斯堡则扮演来自匈牙利的艺术品商人。

几个月的同居生活后,情况突然变得错乱。凯鲁亚克的妻子

① 巴里·迈尔斯(Barry Miles),《杰克·凯鲁亚克:"垮掉的一代"之王》(*Jack Kerouac, roi des beatniks*),J. P. 穆尔隆(J. P. Mourlon)译,巨岩出版社(Éditions du Rocher),巴黎,1999年,第94页。

埃迪搬出,住回了父母家。新的同屋是一个小混混,把这里当成了小偷小摸的理想之地。1946 年,为获得毒品而伪造处方的巴勒斯被捕,严重依赖安非他命的琼·沃尔默也被拘留。

凯鲁亚克搬到了位于欧松公园(Ozone Park)的母亲家。

孤身一人的金斯堡,把钥匙留在门下,开始到别的地方寻找住处。

*

"我们组成了一个小团体,一个诗人的共和国。"金斯堡后来写道。[①] 经过第 115 街的奠基性尝试后,凯鲁亚克便经常和朋友们见面:相聚似乎是他们唯一的向往。1947 年秋,巴勒斯在他位于新奥尔良的家中接待了大家;十年后的 1957 年春,三人又在摩洛哥丹吉尔聚首,同行的还有金斯堡的伴侣彼得·奥尔洛夫斯基;同年,凯鲁亚克回到美国后,巴勒斯又到巴黎与金斯堡团聚,住在心之居所街(Rue Gît-le-Cœur)一家破旧的旅馆内,这里还有第三个人——诗人格雷戈里·柯索。只要能在一起,路途再远也没有关系。1956 年,金斯堡和奥尔洛夫斯基到墨西哥拜访凯鲁亚克,并开车一路把他带回纽约。为了支付旅费,他们相互借钱,也打打零工:凯

---

① 引自巴里·吉福德(Barry Gifford)和劳伦斯·李(Lawrence Lee)的《杰克·凯鲁亚克的平行生活》(*Les Vies parallèles de Jack Kerouac*),B. 马蒂厄桑(B. Matthieussent)译,海岸出版社(Rivages),巴黎,1993 年,第 320 页。(此书英文原标题为 *Jack's Book: An Oral Biography of Jack Kerouac*,首次出版于 1978 年。——译注)

鲁亚克先后当过火车制动员、河湖森林管理员和电视机送货员。

不在一起的时候，他们也经常出入同样的圈子，前后脚（先后仅隔数周）寄住在共同好友的家中。这些朋友当中，就有尼尔·卡萨迪（Neal Cassady）。这个机灵狡黠的家伙，正是《在路上》中迪安·莫里亚蒂（Dean Moriarty）的原型。

他们在给彼此的信中互相邀请，憧憬着全员重逢。"没法和你们在一起并分享彼此的一切，我很遗憾。"金斯堡写道。他还表示："应该安排一下，让我们所有人在一个能够住下所有人的地方相聚……"①

*

"垮掉派"这个集体的友谊固然深厚，但金斯堡和凯鲁亚克之间却另有羁绊。1952 年，在日记中草草写下遗嘱的金斯堡，想到的只有凯鲁亚克：他要求把自己微薄的积蓄以及所有的笔记、诗歌和信件都交给凯鲁亚克。② 对于真情流露的金斯堡，凯鲁亚克也以柔情回应："我爱你，你是个了不起的人。"③

---

① 金斯堡的信，引自卡洛琳·卡萨迪《在我的路上》，同前引书，第 247 页。
② 金斯堡，《殉道与诡计之书：初期日记及诗歌，1937—1952 年》（*The Book of Martyrdom and Artifice. First Journals and Poems 1937-1952*），返始出版社（Da Capo Press），剑桥，2006 年，第 357 页（1952 年 3 月 30 日）。
③ 金斯堡、凯鲁亚克，《通信集》，同前引书，第 182 页（1954 年 5 月末）。

这其中有超越友情的成分吗？在金斯堡那里或许有，至少一开始确实如此：1944年10月的一个夜晚，他向凯鲁亚克吐露了真情。凯鲁亚克推开了他，但动作并不粗暴，更多的是因为难以接受。后来，1945年夏天，在格林威治村某条路尽头的两辆卡车之间，凯鲁亚克任由金斯堡爱抚自己，并同样对他报以爱抚。"那是一种非常矛盾的关系，他拒斥却同时允许人们对他感兴趣。"金斯堡后来说。① 此外，1948年的一天，两人正在纽约的地铁里，金斯堡突然要求凯鲁亚克打他。"我想引起他的注意，无论是哪一种注意。"②

或许，这正是金斯堡全情助推友人事业的原因。为了凯鲁亚克，他把自己变成了最忠心、最能干的文学经纪人。1948年，叹服于《镇与城》(*The Town and the City*，后来成了凯鲁亚克的第一部小说)手稿的金斯堡将这份手稿复印了许多份，并穿梭于纽约各处，只为把一些章节拿给愿意一读的人。他联系了所有在出版界小有影响的人，尤其求助于马克·范多伦(Mark Van Doren)、莱昂内尔·特里林(Lionel Trilling)等他在哥大上学时认识的教授。在给他们的信中，金斯堡写道："这是一本伟大的书，不朽，精彩，深刻

---

① 引自格雷厄姆·卡夫尼(Graham Caveney)的《欢嚣：艾伦·金斯堡的一生》(*Hurler de joie, la vie d'Allen Ginsberg*)，J. 吉卢瓦诺(J. Guiloineau)、C. 皮埃尔(C. Pierre)译，一千零一夜出版社，巴黎，1999年，第44页。
② 巴里·迈尔斯，《金斯堡传》(*Ginsberg, a Biography*)，哈珀出版社，纽约，1990年，第98页。

[……]我敢肯定您会喜欢。"①这一策略成效显著:范多伦联系了昔日的学生、哈考特出版社(Harcourt)的出版人罗伯特·吉鲁(Robert Giroux),对方帮助凯鲁亚克拿到了一份出版合同。虽然1950年出版的这部小说最终没有掀起多少水花,但业已崭露头角的凯鲁亚克却自此得以投身于其他作品的创作中。

不过,应该说,凯鲁亚克并未对朋友表现出深深的感激——他或许只是将金斯堡对他流露出的温良视为他欠下的一个人情。当金斯堡表达出对《在路上》手稿的困惑,认为那是个无法按原样出版的"大杂烩"时("你到底想干什么,老兄?"②),凯鲁亚克对他恶言相向,称他是"卑鄙的小废物",还说要给他的"嘴粘一块挡板"。③ 金斯堡没有把这场暴风雨放在心上,以惊人的平和给出了回应。几天后,凯鲁亚克寄来一封信,若无其事地请金斯堡给他的另一份手稿提意见。

可见他心里完全清楚他到底欠了这位朋友多少。

*

1955年10月7日,旧金山。菲尔莫尔街(Fillmore Street)一个由废弃车库改建的画廊里挤满了人。众多诗人依次登台,朗读自

---

① 金斯堡,《信函选》(*Lettres choisies*),P. 帕奇尼(P. Pacini)译,伽利玛出版社,巴黎,2013年,第44页(1948年6月1日)。
② 同上,第80页(1952年6月12日)。
③ 《通信集》,同前引书,第148页(1952年10月8日)。

己的作品。轮到艾伦·金斯堡时,他走上前,高声读道:"我看见这一代最杰出的头脑毁于疯狂,挨着饿歇斯底里浑身赤裸。"这是一首当时尚未发表的长诗的开篇。这首诗就是《嚎叫》(*Howl*)。这一声粗鲁而神秘的长长哀呼,道出了那些边缘人、无法适应时代的人以及落魄街头却无人问津之人的伟大。

随之而来的是雷鸣般震撼的回应。据当晚在场的一个记者讲述,人们"嚎叫,跺脚,打断朗诵,掌声雷动"①。凯鲁亚克也在那里,他提着酒瓶穿梭在人群中,不时回到舞台右侧坐下。台上每句诗读罢,半醉半醒的他都会吼一句:"冲啊!"

当晚,城市之光书店(City Lights Books)的出版人劳伦斯·费林盖蒂(Lawrence Ferlinghetti)向金斯堡要了手稿。1956 年,《嚎叫》出版。在初版中,这部作品的题献对象是凯鲁亚克和巴勒斯。

对金斯堡来说,这只代表他获得了认可,而不是声名,声名要过段时间才姗姗来迟。1957 年 3 月,费林盖蒂因出版淫秽书籍被起诉。没有比丑闻更好的广告了:媒体一拥而上,长诗立刻畅销。

另一边,凯鲁亚克却觉得自己陷入了困境。自七年前《镇与城》那场相对的失败过后,他再也没有出版过有分量的作品,包括《在路上》在内的所有小说都被拒稿。在最痛苦的时候,他甚至抱怨称自己不过是"金斯堡《嚎叫》的题献对象"②罢了。

---

① 格雷厄姆·卡夫尼,《欢嚎:艾伦·金斯堡的一生》,同前引书,第 75 页。
② 巴里·迈尔斯,《垮掉派旅馆》(*Beat Hotel*),A. 沃拉特隆(A. Volatron)译,词语及余物出版社(Le Mot et le Reste),巴黎,2011 年,第 45 页。

1957 年 9 月,就在针对金斯堡出版人的起诉进入法律程序不满两周时,幸运终于降临在了凯鲁亚克头上:书店开售《在路上》的同一天,《纽约时报》刊载了一篇充满溢美之词的文章。很快,这本书大获成功,销量惊人,凯鲁亚克也成了美国文学的新门面。

*

此时的金斯堡正在欧洲,他立刻从阿姆斯特丹给老友写信:"我们看了《时报》9 月 5 日的书评,我都要哭了。"①

他们这一时期的通信,字里行间满是默契和喜悦。已投身《达摩流浪者》(*The Dharma Bums*)创作之中的凯鲁亚克,细数着眼前的发财机会,包括购买《在路上》版权的国外出版人,前来约稿的报纸,以及各界名流发来的电报。他还说自己的成功不过是此前《嚎叫》所获成功的翻版:"所有人都在谈论你······你将财源滚滚。"②

金斯堡人在巴黎,他热情回复道:"我的家人在电视上看到你了,他们说你还提到了《嚎叫》,真是太棒了。"③不过,他在另一封信中指出,看过那档节目的人说凯鲁亚克神色恍惚,于是问道:"你是不是嗑嗨了?"④

---

① 《通信集》,同前引书,第 275 页(1957 年 9 月 28 日)。
② 同上,第 277 页(1957 年 10 月 1 日)。
③ 同上,第 283 页(1957 年 10 月 16 日)。
④ 同上,第 292 页(1957 年 11 月)。

*

1958年夏。艾伦·金斯堡从巴黎寄出的一封信,被投递到了凯鲁亚克的母亲加布丽埃勒(Gabrielle)家。她的儿子外出了,不在家。她看不惯杰克的这位朋友已经很久了。在她眼中,一个犹太同性恋寄来的肯定不是什么好东西。她拆开了那封信。太可怕了!这封信是金斯堡在可卡因的作用下写成的,而且他对此居然毫不避讳。

对一个普通妇女而言,是可忍孰不可忍。于是她立刻提笔:"我不希望您这样伤风败俗的粗鄙之人出现在我们身边。您不配同基督徒来往[……]我将起诉您,送您进监狱……我把杰克养大,是为了让他行为正直,而我想说他始终如此……"①

收到这封信后,金斯堡哭笑不得。他还收到了凯鲁亚克的来信,出乎他意料的是,凯鲁亚克竟然和母亲口径一致:"我想过简单的生活[……]我想告别那些疯癫之夜,那些同文青和基佬厮混的晚上。"②

这样的信函往来看似属于细枝末节,却揭示了凯鲁亚克发生的深刻变化:《在路上》的辉煌胜利让他疲惫不堪。

突如其来的盛名,媒体无情的抨击,人们因为他谈论性器官和毒品而争相抢购他的书,但其实没有人把他当作真正的作家,这一

---

① 巴里·迈尔斯,《杰克·凯鲁亚克:"垮掉的一代"之王》,同前引书,第180页。
② 《通信集》,同前引书,第320页(1958年7月2日)。

切都在一点点地折磨着他。他开始无节制地酗酒,写的信也变得咄咄逼人,充满恶言,甚至癫狂错乱——人们残害他,他自我贬低,一切都没有意义。"我是一个大脑阻塞的醉汉,那善良瓣膜已被一次伤害封堵。"他带着令人心碎的清醒写道。① 虽然他依旧大受欢迎,虽然整个年轻一代都读过《在路上》和《达摩流浪者》,但他还是决绝地自我折磨。经历过垮掉派行为方式的他,似乎要扼杀掉自己身上所有类似安逸和享乐的东西。这是一场漫长的毁灭:"在路上"的颂扬者永远地和母亲站到了一队,他在酒吧的餐巾上画满圣母怜子图和耶稣受难像,但又烂醉如泥地大步走在街上,大喊"我是杰克·凯鲁亚克"!

金斯堡则欣然拥抱了 20 世纪 60 年代的乌托邦精神。皈依藏传佛教后,他蓄起了先知式的大胡子,穿上了白色长衫。他反对越南战争,支持大麻合法化,同鲍勃·迪伦交好,1965 年结识了披头士乐队,1967 年和米克·贾格尔(Mick Jagger)一起登台,同年还参加了在旧金山金门公园(Golden Gate Park)举办的嬉皮士时代最著名的盛事——"人类大集会"(Human Be-In)。作为"政治、艺术和性异端的化身"②,他俨然成了新世界的守护神。

*

这对朋友的关系疏远了,但没有真正断裂。凯鲁亚克会一连

① 《通信集》,同前引书,第 341 页(1959 年 3 月 24 日)。
② 格雷厄姆·卡夫尼,《欢嚣:艾伦·金斯堡的一生》,同前引书,第 120 页。

几天拒接电话,然后突然跑到金斯堡家,醉得不省人事。①

他变得古怪难测,时而同金斯堡默契十足,时而极具侵略性。他认定金斯堡的多首诗歌抄袭了自己的作品。在1967年创作的一部自传体小说《杜洛兹的虚荣》(*Vanity of Duluoz*)中,凯鲁亚克把金斯堡描绘成了一个荒唐而邪恶的人物,一个"梦想着让所有人都进入一个巨大浴缸里,趁机在浑水中摸别人大腿的荒淫之徒"。② 二人的相识过程也被改写,成了从一开始就水火不容的故事。

就在同一时期,已彻底沦为酒鬼的凯鲁亚克习惯在大半夜给金斯堡打电话羞辱他,用狂热的反犹言论折磨他,问他曾"对那些信奉乌托邦的肮脏犹太基佬、对他们浓密的毛发"③做过些什么。金斯堡忍受着,尝试对此一笑置之。

他们的最后一次见面似乎是在1968年9月3日。凯鲁亚克受邀出现在电视节目《火线》(*The Firing Line*)中。他那些让人费

① 巴里·迈尔斯,《金斯堡传》,同前引书,第337页。
② 凯鲁亚克,《杜洛兹的虚荣》,见《〈在路上〉及其他小说》(*Sur la route et autres romans*),B. 马蒂厄桑译,伽利玛出版社,巴黎,"四象丛书",2003年,第1309页。
(此处引文内容是译者自译自法文。本书已有中译本,黄勇民译,上海译文出版社2014年出版。——译注)
③ 杰拉尔德·尼克西夏(Gerald Nicosia),《记忆力宝贝:杰克·凯鲁亚克评传》(*Memory Babe, une biographie critique de Jack Kerouac*),M. 德尚(M. Deschamps)和E. 沃纳尔伯格(E. Vonarburg)译,垂线出版社(Verticales),巴黎,1998年,第889页。

解而耸动的言论更加证实了他给人的感觉：他喝了酒。坐在观众席的金斯堡感到非常不舒服。录制间隙，主持人小威廉·F.巴克利（William F. Buckley Jr.）询问金斯堡是否愿意替代凯鲁亚克，金斯堡断然拒绝。后来，节目继续，摄像机对准了仍坐在观众席的金斯堡，凯鲁亚克对此感到十分气恼，竟公然倒竖拇指。①

＊

1969 年 10 月 21 日，四十七岁的凯鲁亚克因肝硬化去世。

一个记者通知了金斯堡。彼时，金斯堡住在纽约州樱桃谷（Cherry Valley）一处刚刚购买的农庄里。他和彼得·奥尔洛夫斯基及众多来此短居的朋友生活在这里——他一直希望说服凯鲁亚克来和大家一起生活，重温第 115 街的幸福时光。

10 月 22 日，他和格雷戈里·柯索一起，把凯鲁亚克的名字刻在了庄园的一棵树上。② 那天晚些时候，他为耶鲁大学的学生们朗读了凯鲁亚克的作品。

两天后，他来到洛威尔，在遗体前沉思，在葬礼上抬棺，随后在墓园撒下了第一铲土。

---

① 杰拉尔德·尼克西夏，《记忆力宝贝：杰克·凯鲁亚克评传》，同前引书，第926 页。
② 巴里·迈尔斯，《金斯堡传》，同前引书，第 426 页。

*

几周后,他在致尼尔·卡萨迪的遗孀卡洛琳的信中写道:"棺中的杰克脑袋巨大,嘴唇暗淡,头顶略秃,但头发依然乌黑柔软,皮肤冰冷,抚摸他的额头,发现妆容厚重而呆滞,手指皱皱巴巴,运动上衣的下面露出握着念珠、长着浓毛的双手,棺材四周满是鲜花[……]在殓房看到他的第一感觉是震惊。"①

① 金斯堡,《信函选》,同前引书,第 328 页(1970 年 2 月 19 日)。

13

一记重拳

1976 年 2 月 12 日,墨西哥美术宫。当晚,一部电影的首映式在这里举行。影片讲述了四年前乌拉圭空军 571 号班机在安第斯山脉发生的空难。大厅内,所有人的目光都聚焦在两位贵宾的身上:秘鲁人马里奥·巴尔加斯·略萨,三十九岁,身材颀长,很有绅士风度;哥伦比亚人加夫列尔·加西亚·马尔克斯,四十八岁,稍显矮壮,胡须竖起,神似火枪手。二人均声名显赫。

　　他们是非常要好的朋友,身边人都说他们"亲如兄弟"①。

　　两人到场时,各自身旁都围满了人。他们试图在人群之中找到彼此,巴尔加斯·略萨一下就看到了加西亚·马尔克斯,然后朝他走去。他的老朋友张开双臂,激动地喊道:"马里奥!"人们纷纷让道。巴尔加斯·略萨径直走向加西亚·马尔克斯,在众目睽睽之下,一记右钩拳正中他的脸颊。

---

① 杰拉德·马汀(Gerald Martin),《马尔克斯的一生》(*Gabriel García Márquez : une vie*),M. F. 吉罗(M. F. Girod)、A. 佩蒂约(A. Pétillot)和 D. 勒泰利耶(D. Letellier)译,格拉塞出版社,巴黎,2009 年,第 390 页。
　　(本书已有中译本,陈静妍译,黄山书社 2011 年出版。——译注)

小说家被打倒在地，脸上血流不止。"为什么？"陷入半昏迷状态的马尔克斯喃喃自语着。一个记者急忙到旁边的餐馆买了一块生牛排，贴在了他的左眼上。①

*

这段在空难背景下落下帷幕的友谊是从机场开始的。

1967 年 8 月 1 日，委内瑞拉加拉加斯。天色已晚，这座城市依旧处于两天前那场致使二百多人丧生的地震带来的创伤之中。两架飞机同时降落在迈克蒂亚（Maiquetía）机场。一架来自伦敦，另一架来自墨西哥。巴尔加斯·略萨走下第一架飞机，碰上了恰好从第二架飞机走出来的加西亚·马尔克斯。马尔克斯的步伐不怎么稳——害怕坐飞机的他在飞行过程中喝了点威士忌。不过，他给的拥抱可热情多了，到机场接加西亚·马尔克斯的一位女性朋友称，马尔克斯几乎是直接从地上把略萨提起来的。②

这是两位作家的初次见面，他们到加拉加斯参加伊比利亚美洲文学大会。其间，巴尔加斯·略萨的第二部小说《绿房子》将获得罗慕洛·加列戈斯（Rómulo Gallegos）国际小说奖。

两人此前虽未曾谋面，但对彼此一点也不陌生。他们有很多

---

① 安赫尔·埃斯特万（Ángel Esteban）、阿纳·加列戈（Ana Gallego），《从加博到马里奥：文学爆炸的一代》（*De Gabo a Mario：la estirpe del boom*），埃斯帕萨出版社（Espasa），巴塞罗那，2009 年，第 293 页。那个记者名叫埃莱娜·波尼亚托夫斯卡（Elena Poniatowska）。

② 同上，第 64 页。

共同的朋友,比如墨西哥人卡洛斯·富恩特斯(Carlos Fuentes)和阿根廷人胡里奥·科塔萨尔(Julio Cortázar)——四人后来并称拉美"文学爆炸"四大作家。更重要的是,二人互读作品,互相欣赏。巴尔加斯·略萨惊叹于数月前出版的《百年孤独》。4 月,他曾撰写书评盛赞这部小说:从今往后,拉美也有了类似《高卢的阿玛迪斯》(*Amadis de Gaule*)和《堂吉诃德》这样的"骑士小说",一部真正的杰作。

在打照面之前,他们彼此还写过信,甚至还想过要联手创作一部小说。小说主题都想好了:1932 至 1933 年的哥伦比亚—秘鲁战争。加西亚·马尔克斯欣喜若狂:"如果你研究秘鲁那边的历史,我负责调研哥伦比亚这边,我向你保证,我们会写出人们能想到的最激动人心、最难以置信且最不可思议的书。"①他在 3 月 20 日致略萨的信中如此写道。

这个计划并未实现,但两位作家之间的友谊倒确实有让人难以置信、不可思议之处。

*

在加拉加斯停留数日后,8 月 12 日,他们一起前往哥伦比亚波哥大。大奖傍身的巴尔加斯·略萨受到了英雄般的欢迎。身为哥伦比亚之子的"加博"(Gabo,马尔克斯的昵称——译注)可没这等

---

① 《从加博到马里奥:文学爆炸的一代》,同前引书,第 84 页。所有出自该书的法文引文均系弗兰克·蒂斯朗(Franck Tisserand)所译。

荣幸,《百年孤独》虽然在全世界取得了巨大成功,但在国内依然鲜为人知。这对朋友受邀到一家书店进行签名售书活动,现场有数百本《绿房子》,却只有少量加西亚·马尔克斯的小说。

巴尔加斯·略萨埋头苦签。没过多久,加西亚·马尔克斯便无所事事了。没关系,略萨请马尔克斯签他的书!现场气氛陷入狂热:"书签完之后,人们开始拿杂志、白纸等让他们签名。[……]一位年轻女性在这场集体疯狂的驱使下,请马里奥直接把名签在她的手上,因为连纸也没有了,而这个秘鲁人毫不犹豫地照做了。"①几个小时后,两位被成功弄得手足无措的伙伴以胜利者的姿态离开了现场。

不久后的 8 月 15 日,巴尔加斯·略萨去了利马,而加西亚·马尔克斯则前往阿根廷。他们分开了,但内心知道很快会再相见。这两周的友好相处让他们发现了彼此身上的共同点:他们是坚定的左派分子,都支持菲德尔·卡斯特罗(Fidel Castro);他们均在文学中看到一股反抗既定秩序的力量。在政治之外,他们喜欢的作家也一样——巴尔加斯·略萨后来说,福克纳曾是二人的"公分母"②;他们还有着共同的志向,即更新旧式现实主义小说,同时跨越国界,向全世界彰显拉美身份的特性。

---

① 《从加博到马里奥:文学爆炸的一代》,同前引书,第 90—91 页。

② 引自《巴尔加斯·略萨打破沉默,谈与加西亚·马尔克斯的友谊》(*Vargas Llosa breaks his silence over friendship with García Márquez*),《国家报》(*El País*)2017 年 7 月 7 日刊文(https://elpais.com/elpais/2017/07/07/inenglish/1499428317_486118.html)。

此外,他们的经历也惊人地相似:都是被祖父母养大的,都有一个反对他们文学梦想的父亲;都曾游历欧洲且主要在巴黎生活,都在巴黎(前后相隔几年时间)碰到过一个愿意留宿无力付款的他们的好心的旅店老板娘。后来,他们在一次法国之旅中发现,当年遇上的竟是同一个老板娘!

刚到9月,他们便重聚了:加西亚·马尔克斯和妻子梅塞德斯(Mercedes)到利马见巴尔加斯·略萨。波哥大之行后,现在轮到巴尔加斯·略萨带友人了解自己的祖国了。他们共同举行了数场讲座,交流彼此对文学和政治的看法。差不多与此同时,9月11日,巴尔加斯·略萨与妻子帕特里夏(Patricia)的第二个孩子贡萨洛(Gonzalo)出生了。男孩随即受洗,加西亚·马尔克斯成了孩子的教父。

这对朋友的关系十分融洽。加西亚·马尔克斯自己也说,他们俩就像"麦卡特尼(McCartney)和列侬(Lennon)",是"一张唱片的两面".[1]

*

一天,巴尔加斯·略萨正在飞机上,一个空乘替一个看到他上了飞机的旅客传话:这个有些直白的人恰好在读他的一部小说,还说自己沉醉其中。巴尔加斯·略萨非常高兴,起身准备找这个仰

---

① 安赫尔·埃斯特万、阿纳·加列戈,《从加博到马里奥:文学爆炸的一代》,同前引书,第101页。

慕者,给他签个名。而当那人喜不自禁地递给他一本《百年孤独》时,他竟也将错就错,若无其事地在书上签了名。

另一天,换作加西亚·马尔克斯坐飞机。他的邻座看到他,惊喜万分,称赞他是"最伟大的美洲作家",并让机组人员拿来威士忌,向大师致敬……一段应该还算愉快的旅程结束后,告别的时候到了,那人依旧热情不减,说:"很高兴认识您,巴尔加斯·略萨先生!"①

*

1967 年 11 月,加西亚·马尔克斯举家迁居巴塞罗那。巴尔加斯·略萨则周游列国。美国、波多黎各和伦敦的多所大学为他提供教职。②每一次,他都会在课程计划中纳入友人的作品。② 他甚至写过一部六百多页的马尔克斯研究论著。这部作品也让略萨在1971 年 6 月获得了马德里大学的博士学位。同年,这部论著以《一个弑神者的故事》(*Historia de un deicidio*)为题出版——在加西亚·马尔克斯看来,每当作家用写作创造一个新世界,就是与神进

---

① 何塞·多诺索(José Donoso),《文学"爆炸"亲历记》(*Historia personal del "boom"*),出处同上,第 258 页。
(本书已有中译本,段若川译,云南人民出版社 1993 年出版。——译注)
② 雷蒙德·莱斯利·威廉姆斯(Raymond Leslie Williams),《马里奥·巴尔加斯·略萨:他的文学人生》(*Mario Vargas Llosa:A Life of Writing*),得克萨斯大学出版社(University of Texas Press),奥斯汀,2014 年,第 36 页。
(本书已有中译本,袁枫译,黑龙江教育出版社 2016 年出版。——译注)

行了某种对抗,完成了"弑神"之举。

此后,巴尔加斯·略萨不仅是加西亚·马尔克斯的挚友,更成了公认的马尔克斯专家。作为主要当事人,加西亚·马尔克斯并不热衷于文学理论,他是否真的读过《一个弑神者的故事》也不得而知,不过,面对巴尔加斯·略萨"在一个同行们总是不停互相使绊子的世界中"①对自己表露出的友情和欣赏,他并不掩饰内心的感动。

巴尔加斯·略萨进行博士论文答辩时已经不在大学任教了。一年前,他的经纪人、西班牙人卡门·巴尔塞斯(Carmen Balcells),同时也是加西亚·马尔克斯的经纪人,说服他全职写作并同样定居巴塞罗那。自那以后,他们便经常见面,或两人碰头、全家聚会,或同友人相聚。1970年圣诞夜,巴尔加斯·略萨一家在住所内招待了加西亚·马尔克斯一家,以及携妻子来加泰罗尼亚停留数日的胡里奥·科塔萨尔。科塔萨尔"硬拉着巴尔加斯·略萨用送给小男孩的那种电动赛车来了一场疯狂的比赛"②。一周后的新年夜,换成了加西亚·马尔克斯一家做东。

1972年3月,巴尔加斯·略萨一家搬到了友人家所在的萨里亚(Sarrià)区。他们住在奥西奥(Osio)街,距离卡波纳塔

① 加西亚·马尔克斯致巴尔加斯·略萨的信,引自安赫尔·埃斯特万和阿纳·加列戈合著的《从加博到马里奥:文学爆炸的一代》,同前引书,第111页。
② 杰拉德·马汀,《马尔克斯的一生》,同前引书,第379页。

(Caponata)街的加西亚·马尔克斯家仅几米之遥。一位知情人透露，他们"在一个人家吃饭，在另一个人家喝咖啡"。加西亚·马尔克斯随时会出现在奥西奥街，说"你能不能借我一个鸡蛋?"[1]他们的孩子们一起长大，情同兄弟;巴尔加斯·略萨的一个儿子在成年后还提到了小时候去卡波纳塔街看拳击比赛时的喜悦心情。[2] 两位作家也经常在同一个咖啡馆见面，评论时事或分享各自手头工作的情况:巴尔加斯·略萨正在写一部幽默小说——《潘达雷昂上尉与劳军女郎》(*Pantaleón y las visitadoras*)，而加西亚·马尔克斯则在对《家长的没落》(*El otoño del patriarca*)进行最后的收尾。

1974 年，在度过了与友人几乎每天见面的两年后，巴尔加斯·略萨与他的家人又回到了秘鲁。这位小说家明白(他后来也确实这么说)，在离开巴塞罗那的同时，他也将"生命中最美好的时光"[3]留在了身后。

---

① 阿尔弗雷多·布赖斯·埃切尼克(Alfredo Bryce Echenique)，引自哈维·阿延(Xavi Ayén)的《"文学爆炸"那些年:加西亚·马尔克斯、巴尔加斯·略萨以及改变一切的一群朋友》(*Aquellos años del boom*: *García Márquez*, *Vargas Llosa y el grupo de amigos que lo cambiaron todo*)，RBA 出版社，巴塞罗那，2014 年，第 744 页。所有出自该作品的法文引文均系弗兰克·蒂斯朗所译。

② 同上，第 469 页。

③ 巴尔加斯·略萨，《军刀与乌托邦:拉丁美洲的愿景》(*Sabers and Utopias*: *Visions of Latin America*)，A. 库什纳(A. Kushner)译，法勒、斯特劳斯和吉鲁出版社(Farrar, Strauss and Giroux)，纽约，2018 年，第 254 页。

＊

尽管在巴塞罗那相处得十分愉快，但这对朋友之间还是逐渐产生了隔阂。

巴尔加斯·略萨从20世纪60年代末开始转变，后来放弃了共产主义，并在十年后转投自由主义的怀抱。在菲德尔·卡斯特罗执政期间，他曾是其狂热的支持者，但后来却愈发对古巴持批评态度。而加西亚·马尔克斯还是一如既往地热情支持卡斯特罗，认为革命事业和人民解放高于个人自由。

他们的分歧走向公开化，起因是1971年古巴诗人埃韦尔托·帕迪利亚（Heberto Padilla）因"具有颠覆性的"写作而入狱这一事件。巴尔加斯·略萨首先对此表示了抗议：1971年4月，《世界报》刊发了一封由秘鲁人巴尔加斯·略萨以及富恩特斯、帕索里尼（Pasolini）、森普伦（Semprún）和萨特共同署名的公开信。加西亚·马尔克斯的名字出现在签署人名单中。得知消息后，这位哥伦比亚人宣称他从未签过名，他表示不满，并高调表达了对菲德尔·卡斯特罗的忠诚。

一年后，获得罗慕洛·加列戈斯奖的加西亚·马尔克斯庄严宣布，他会把奖金捐给由一个前游击队员组建的委内瑞拉革命政党——"争取社会主义运动（Movimiento al Socialismo）"。1975年，在受邀表达对秘鲁所实行政策的看法时，他宣称新闻自由只不过是一种资产阶级价值观。这让巴尔加斯·略萨十分不满。

难道这就是1976年那一记重拳的原因？

*

　　或许那只是一部分原因。大家一致认为，真正的原因是个人恩怨。在把加西亚·马尔克斯打倒在地后，巴尔加斯·略萨似乎说了这样一句话：“这是为了你在巴塞罗那对帕特里夏做过的好事。”①

　　说到底，没人知道帕特里夏·略萨和加西亚·马尔克斯之间究竟发生了什么。流言自是满天飞，但所有斗胆向主要当事人提出这一问题的人都被礼貌地回绝了。2014 年加西亚·马尔克斯逝世时，巴尔加斯·略萨表示二人已说好不再提这件事。这是他们之间一个真正的“约定”。“他到死都一直守约，而我也会一样”，巴尔加斯·略萨还说。②

　　各种证据显示，1975 年，当丈夫正身陷一段婚外情时，帕特里夏·略萨曾回巴塞罗那找过加西亚·马尔克斯一家。加博是否曾建议她提出离婚？是否曾向她告发她有所不知的其他婚外情？他对她说“咱们做情人吧”③，难道只是在开玩笑？会不会像有些人笃信的那样，他们之间有私情？

————————

① 哈维·阿延，《“文学爆炸”那些年：加西亚·马尔克斯、巴尔加斯·略萨以及改变一切的一群朋友》，同前引书，第 763 页。
② 引自《巴尔加斯·略萨将把同加西亚·马尔克斯纷争的秘密带进坟墓》(Vargas Llosa emportera dans la tombe le secret de sa dispute avec García Márquez)，《快报》(L'Express)刊文，2014 年 4 月 25 日。
③ 哈维·阿延，《“文学爆炸”那些年：加西亚·马尔克斯、巴尔加斯·略萨以及改变一切的一群朋友》，同上，第 762 页。

面对这些猜测,巴尔加斯·略萨讽刺道:"我们有传记作者和历史学家,但愿他们能发现真相。"①

只有两件事是确定的:巴尔加斯·略萨很快和妻子和解了(他们最终于 2015 年离婚),而且没有原谅加西亚·马尔克斯。

*

2010 年初,哥伦比亚卡塔赫纳。加西亚·马尔克斯八十三岁,巴尔加斯·略萨七十四岁。三十年前的那一记重拳,断送的不仅是二人的友谊,更是他们之间的所有关系。巴尔加斯·略萨对那个后来被他称为"走狗"的人说过十分刻薄的话。1982 年,当加西亚·马尔克斯获得诺贝尔奖时,有人似乎听到他说"得奖的更应该是博尔赫斯"②。1990 年,巴尔加斯·略萨全然背弃自己青年时期的信仰,以右派自由主义候选人的身份参加了秘鲁总统大选。那时的他,依然在指责加西亚·马尔克斯:"我不是很敬重他这个人,对于他的政治信仰也是一样。"③

然而,此后几年,时间发挥了作用。2006 年,巴尔加斯·略萨同意将《一个弑神者的故事》重新编入他的《全集》——此前他一直

① 《快报》,2014 年 4 月 25 日。

② 哈维·阿延,《"文学爆炸"那些年:加西亚·马尔克斯、巴尔加斯·略萨以及改变一切的一群朋友》,同前引书,第 765 页。

③ 巴尔加斯·略萨访谈(1990 年),见《巴黎评论》(The Paris Review),第 116 期(https://www.theparisreview.org/interviews/2280/the-art-of-fiction-no-120-mario-vargas-llosa)。

拒绝对此书进行再版或翻译。一年后，也就是《百年孤独》出版四十周年，他点头同意将《一个弑神者的故事》的一个选段作为加西亚·马尔克斯这部小说的再版序言。对此，他解释称，"封禁自己生命的一部分"①毫无意义。巴尔加斯·略萨愿意重新整理立场，或许也是因为知道加西亚·马尔克斯正在同淋巴癌进行着抗争（他最终被淋巴癌夺去了性命）。

在卡塔赫纳，所有人都屏息凝神：这对昔日的朋友均来参加拉丁美洲最重要的文化艺术活动"干草节"（Hay Festival）。会见证一场历史性的和解吗？这其实不难实现：巴尔加斯·略萨下榻的酒店距离加西亚·马尔克斯的住所仅二十米远。1月31日，当巴尔加斯·略萨公开向老友的作品致意时，人群骚动了：他到底会不会走到街对面去和友人紧紧相拥呢？

他显然准备这么做。不过，加西亚·马尔克斯的妻子梅塞德斯应该会拒绝。她曾表示，"对我们而言，这位先生已经死了好多年了"。②

和解终未上演。

---

① 《两位作家三十年恩怨有望化解》（*Signs of a thaw in writers' 30-year feud*），《卫报》（*The Guardian*）刊文，2007年1月10日（www. theguardian. com/world/2007/jan/10/spain. colombia）。

② 哈维·阿延，《"文学爆炸"那些年：加西亚·马尔克斯、巴尔加斯·略萨以及改变一切的一群朋友》，同前引书，第770页。

2017 年 7 月,马德里附近的圣洛伦索·德埃尔·埃斯科里亚尔(San Lorenzo de El Escorial)。同样已诺奖加身的耄耋老人巴尔加斯·略萨,受邀作为贵宾参与为纪念《百年孤独》出版五十周年举办的一系列讲座。他表示,这部作品"光彩夺目、难以置信、卓越非凡",他的激动之情溢于言表。这时候,加西亚·马尔克斯已经走了三年,科塔萨尔和富恩特斯也已离世。

"文学爆炸"的伟大一代,只剩下他一个人了。他用颤抖的声音说:"他们不仅是伟大的作家,更是伟大的朋友。"①

---

① 《国家报》,2017 年 7 月 7 日。

后 记

    1960 年 1 月 4 日,下午两时许。一辆时速 150 公里的法赛维嘉(Facel Vega)在行至枫丹白露附近的维勒布勒万(Villeblevin)时,一头撞向了树干。前座的阿尔贝·加缪当场丧命。人们在车旁发现了一个黑色皮质文件夹,里面有一部未完成的手稿《第一人》(Le Premier Homme)、几本书以及一张火车票。加缪此前刚在位于沃克吕兹省卢尔马兰(Lourmarin)镇的住所中停留了数日,原本计划乘火车回巴黎。他本应与和他共度新年的朋友勒内·夏尔一道回去的,不过他的出版人米歇尔 · 伽利玛(Michel Gallimard)提议开车把他捎回巴黎。①

    对勒内·夏尔而言,冲击是巨大的。一段持续良久的伙伴情

---

① 赫伯特 · R. 洛特曼(Herbert R. Lottman),《加缪传》(Albert Camus),M. 韦龙译,瑟伊出版社,巴黎,1978 年,第 673—674 页;奥利维耶 · 托德(Olivier Todd),《加缪传》(Albert Camus: une vie),伽利玛出版社,巴黎,"《新法兰西杂志》传记丛书"(NRF Biographies),第 752—753 页。
(上述两本书均已有中译本。洛特曼著《加缪传》最新版本:肖云上、陈良明、钱培鑫译,南京大学出版社 2018 年出版;托德著《加缪传》:黄晞耘、何立、龚觅译,商务印书馆 2010 年出版。——译注)

谊就此终结。他喜欢加缪,如同他欣赏加缪的作品。他们曾在巴黎住同一栋楼。他们常在沃克吕兹见面——加缪因为沃克吕兹让他想起家乡阿尔及利亚而深爱这片土地,还曾托夏尔帮他在那里找一处房子。他们联手写过一部作品——《太阳之后》(*La Postérité du soleil*)。1957 年,当加缪获得诺贝尔奖时,作为礼物,夏尔送上了他视若珍宝的物品:在游击战中曾经替他挡过子弹、救过他性命的小盒子。①

为了纪念这段友谊,夏尔写了《卢尔马兰的永恒》(*L'Éternité à Lourmarin*)。这首诗以优美、克制而闻名,不仅向我们表明了他们的关系,更是一语道出了个中玄机:

"我们不再和我们所爱的这个人说话了,但是这并不是沉默。"②

这段典型的友谊也是一个原型,因为它脉络清晰,简单而残酷,呈现的是一段被命运生生斩断的情缘。我们这里讲述的十三个友谊故事虽各不相同,但都既美好又忧伤:美好,因为它们始于意外,证实了某种让我们彼此紧紧相连之物的力量;却总忧伤,因

---

① 阿尔贝·加缪、勒内·夏尔,《通信集(1946—1959 年)》(*Correspondance, 1946—1959*),伽利玛出版社,巴黎,2007 年,第 165 页。

② 夏尔,《卢尔马兰的永恒》,收录于《群岛上的话语》(*La Parole en archipel*),见《全集》(*Œuvres complètes*),伽利玛出版社,巴黎,"七星文库",1983 年,第 412 页。

[此处采用郭宏安译本,见卡特琳娜·加缪(Catherine Camus)的《孤独与团结:阿尔贝·加缪影像集》(*Albert Camus:Solitaire et Solidaire*),译林出版社 2020 年版。——译注]

为它们必定会如詹姆斯所言,以"极度的冷落"收场。想想席勒离开歌德、拉迪盖告别科克托、三岛撇下川端时白发人送黑发人的悲痛;想想福楼拜痛失乔治·桑、伍尔夫梦见曼斯菲尔德的幽灵时内心的孤独;想想那些在友人离世前就已与之分道扬镳的人必将体会到的幻灭。

逝者的离去,总是生者的永恒之殇。对于凝视席勒颅骨的歌德而言,痛苦会得到抚慰,失落却将持续侵扰。时间会悉心呵护对逝者的那份记忆,悲伤虽会一直相伴,但友谊终将超越死亡,地久天长。